치유마법의 잘못된 사용법

~전장을 달리는 회복 요원~

Vol. **10**

저자 **쿠로카타**

일러스트 KeG

치유마법의 잘못된 사용법

~전장을 달리는 회복 요원~ Vol. 10

CONTENTS

009	제 1 화	전조! 폭풍 전의 고요!!
025	제 2 화	장절! 밝혀지는 과거!!
051	제 3 화	폐름의 결단!!
073	제 4 화	파란의 조짐! 예지된 전장!!
085	제 5 화	용사에게서 온 편지와 나크의 성장!!
095	제 6 화	출발! 전장으로!!
123	제 7 화	싸움을 앞두고……
133	막 간	또 하나의 사제 관계
141	제 8 화	시작된 싸움! 구명단 시동!!
163	제 9 화	조우! 최강의 마검사 네로 아젠스!!
193	제10화	함께 싸우는 힘! 우사토와 폐름!!
231	제11화	잔학무도! 제3군단장 한나!!
245	제12화	공포! 한나가 본 악몽!!
273	제13화	격전! 질 수 없는 싸움!!
285	제14화	또 한 명의 희망!!
303	막 간	다가오는 결단의 때

기사단 수칙

~용사의 마음가짐~

하나, 힘이 있다고 자만하여 방심하지 말고 싸울 것

하나, 용맹하고 과감하게, 그러나 물러날 때를 확실히 알 것

하나, 함께 싸우는 동료와 협력하는 것을 잊지 말 것

🌸제1화 전조! 폭풍 전의 고요!!

마왕군에 대항하기 위해 서신을 건넨 4왕국과 회담을 열게 된 우리는 마도도시 루크비스를 다시 찾게 되었다.

루크비스에서 수인 키리하와 쿄우, 하르파 씨와 재회했는데, 사마리알 왕국의 대표로 왕녀인 에바, 그리고 왕인 루카스 님이 직접 회담에 와서 깜짝 놀랐다.

캄헤리오 왕국의 나이아 왕녀와 카일 왕자, 니르바르나 왕국의 하이드 씨 등등 각 왕국의 대표자와의 회담이 무사히 끝나려고 했을 때, 마왕군 정찰대의 모습을 확인했다는 소식이 링글 왕국으로부터 날아들었다.

그 소식을 들은 우리는 곧장 링글 왕국으로 귀환하게 되었다.

***

우리는 루크비스에서 마차를 달려 링글 왕국에 돌아왔다.

도중에 아마코를 내려 준 후, 왕성에서 로이드 님과 세르지오 씨에게 일의 경위를 듣게 되었다.

"급히 귀환하도록 만들어서 미안하다. 현시점에 확인된 것은 정찰대의 움직임뿐이지만 마왕군이 움직인 것은 분명해. 지금 당장 회담에서 결정된 내용을 포함하여 타국과 연대를 강화하고, 언제든 전력을 모을 수 있게 대비해 둘 필요가 있어."

마왕군이 움직였다면 긴급 사태라는 것은 나라도 알 수 있었다.

회담으로 이야기가 정리된 후라는 점이 불행 중 다행이었다.

마왕군의 움직임이 더 빨리 확인됐다면 연대가 상당히 늦어지고 말았을지도 모른다.

"언제 마왕군이 진군할지 몰라. 스즈네와 카즈키는 언제든 출격할 수 있게 준비해 다오."

""네!""

선배와 카즈키의 대답을 듣고 고개를 끄덕인 로이드 님은 내게 시선을 보냈다.

"우사토는 일단 로즈가 있는 구명단에 돌아가는 편이 좋겠지. 그녀석도 네가 돌아오기를 기다리고 있을 테니까."

"네!"

일단은 로즈의 지시를 듣는 게 먼저인가.

그러고서 로이드 님은 웰시 씨와 시구르스 씨에게 앞으로 어떻게 할지 지시를 내렸고, 일단 그 자리에서 해산하게 되었다.

***

"······나한테는 두 번째 전쟁인가."

구명단 숙소로 걸어가며 지난 싸움을 되돌아보았다.

첫 번째 전쟁에서는 어떻게든 살아남았지만, 그것도 아마코의 예지마법이 없었다면 확실하게 졌을 것이다.

"지난번과 다른 점은 링글 왕국 혼자 싸우지 않는다는 거야."

사마리알 왕국, 캄헤리오 왕국, 니르바르나 왕국이 함께 싸워 준다.

마왕군의 이번 전력이 어느 정도인지는 모르겠지만 마음이 든든했다.

그렇게 생각하고 있으니 뒤에서 여러 사람의 발소리가 다가왔다.

돌아보자 다 큰 성인도 울음을 터뜨릴 만큼 험상궂게 생긴 남자들이 나란히 이쪽으로 달려오고 있었다.

"오, 우사토. 돌아왔냐."

험상궂은 면상 중 한 명인 통이 내게 말을 걸어왔다.

"그래. 사실은 더 있다가 올 예정이었지만 서둘러 돌아왔어."

구명단의 검은 옷.

그들은 전장에서 부상자를 구조하여 치유마법사가 있는 곳까지 운반하는 역할을 맡고 있다.

얼굴은 무섭게 생겼지만 나쁜 녀석들은 아니었다.

"너희는 달리기 훈련 중이야?"

내 말에 험상궂은 면상들이 고개를 끄덕였다.

"그래. 마왕군이 온다고 하니 우리도 진지하게 임해야지."

"부상자를 데려오는 게 우리의 역할이니까."

"혼전을 틈타 납치해야 하고."

"히히! 발이 빠르면 안 잡혀."

"뭐, 우리도 할 일은 해야 하지 않겠어? 할 거면 철저히 해야지."

저마다 맞는 말을 하고 있지만, 이 녀석들이 말하니 다른 의미로 들리는데 기분 탓일까?

"그런데……."

"응? 뭐야?"

퉁이 날카로운 눈으로 나를 봐서 고개를 갸웃했다.

"아니, 생각해 보니까 망할 애송이였던 녀석이 부단장이라니 싶어서 말이야."

"처음에는 우리를 보고 울려고 했던 주제에."

"하하하, 너희는 얼굴이 괴물이잖아. 「평범」한 인간이라면 무서워 하겠지."

""엉?""

험악한 목소리를 내며 서로를 노려보았다.

몇 초 후, 어깨에서 힘을 뺀 우리는 숙소 쪽을 보았다.

"이러고 있을 때가 아니지……."

"맞아. 누님에게 들키면 된통 깨질 거야. 우리는 다시 훈련하러 간다. 그럼 이따 보자."

"그래."

지금 이러고 있을 때가 아니다.

그걸 이 험상궂은 면상들도 아는지 순순히 고개를 끄덕이고 훈련을 재개했다.

그대로 한동안 걸어가니 마침내 구명단 숙소가 보이기 시작했다.

"단장은 숙소에 있으려나…… 응?"

숙소가 보임과 동시에 구명단 훈련복을 입은 흑발 적안의 소녀가 이쪽으로 달려오는 모습이 시야에 잡혔다.

"우사토~!"

"오, 네아구나. ……어라?"

뭐지? 환하게 웃고 있는데…….

마치 마을 처녀를 연기하던 처음 만났을 때로 돌아간 것처럼 활짝 웃는 네아를 의문스럽게 여기고 있으니 크게 팔을 벌린 그녀가 내게 와락 안겼다.

넘어지지 않게 뒷걸음질 치며 네아를 받았다.

"으억?!"

"보고 싶었어! 엄청나게!"

"……괜찮아? 어디 몸이라도 안 좋아?"

"뭐?!"

정색한 네아가 이마에 핏대를 세웠다.

하지만 그것도 잠깐, 금세 자연스러운 미소를 지었다.

네아답지 않은 행동에 이상한 흑심보다도 걱정이 더 커졌다.

혹시 구명단의 훈련 때문에 성격이 반전되어 버린 걸까?

"후, 후후. 아주 건강해. 왜냐하면—."

내게서 몸을 뗀 네아의 미소가 평소의 못된 미소로 바뀌었다.

그와 동시에 내 몸이 움직이지 않음을 깨달았다.

살펴보니 익숙한 마술 문양이 몸에 떠올라 있었다.

"구속 주술? 어? 왜?"

상황을 이해할 수 없어서 고개를 갸웃하자, 네아가 힘껏 도움닫기를 하여 날아차기를 날렸다.

"나를 이 지옥에 두고 간 너에게 보복할 수 있으니까 말이야!!"

나는 네아의 날아차기가 명중하기 전에 다리를 반보 벌리고 복근에 힘을 줬다.

"흡!"

"헤윽?!"

내 복부와 네아의 발차기가 격돌했으나 네아는 그대로 튕겨서 땅에 떨어졌다.

"어? 바, 방금 그거 뭐야? 벽?"

"훗. 안일하구나, 네아. 그 정도 발차기로 내 복근을 뚫을 수 있을 줄 알았어?"

얼떨떨해하는 네아에게 살짝 멋있는 척하며 그렇게 말하자 그녀는 분한 얼굴로 웅크렸다.

"으앙~! 이 괴물, 움직임을 봉해도 괴물이야!"

이 아이는 얼마나 나한테 한 방 먹이고 싶었던 거지?

상체에 힘을 줘서 구속 마술을 파괴한 나는 네아에게 손을 내밀어 그녀를 일으켰다.

"다녀왔어, 네아."

"……응."

네아는 부루퉁한 얼굴로 고개를 끄덕이고 올빼미로 변신하여 내 어깨에 앉았다.

그런 네아를 보고 쓴웃음을 지으며 구명단 숙소로 걸어갔다.

네아는 훈련 때문에 이상해진 게 아니라 단순히 내게 보복하려고 그랬던 것 같다.

근데 네아도 꽤 잘 움직이게 됐구나. 나한테는 통하지 않았지만 발차기의 위력도 나쁘지 않았다.

로즈의 훈련 덕분일까?

뭐, 이 아이는 인간이 아니라 마물이니까 원래부터 잠재력이 높을 것이다. 지금까지 그걸 단련할 기회가 없었을 뿐이겠지.

"내가 없는 동안 무슨 일 있었어?"

"특별히 아무 일도 없었어. 내가 죽도록 달려야 했던 것 말고는."

"평소와 다름없나. 훈련은 어떤 느낌이야?"

"로즈가 마력탄을 피하라고 해서 끝없이 치유마법 마력탄을 맞았어."

마력탄을 피해라, 인가.

옛날 생각이 난다. 루크비스에서 나크의 회피력을 단련하기 위해 그 아이에게 몇 번이나 마력탄을 던졌었지.

착실하게 성장하는 나크를 보며 나도 기뻤었는데.

"그렇구나. 회피를 익히기 위한 훈련이라. 나도 나크에게 한 적이 있어서 알아."

"우와, 사고 회로까지 똑같다니……. 근데 어린애한테 그런 짓을 했어?"

네아는 질색했지만, 나는 로즈가 네아에게 그 훈련을 시킨 이유를 헤아릴 수 있었다.

네아와 내가 연계해서 싸울 때의 약점. 그건 바로 싸우는 중에 내가 네아를 지키지 못하게 되면 그녀가 어떻게든 자신을 지켜야만 한다는 점이다.

초고속 마력탄을 피하게 하는 훈련으로 그 약점을 극복시키고자 했을 것이다.

"훈련 성과는 어때?"

"……어디다 던질지 알려 주면 간신히 몇 번 피할 수 있었어."

"……흠."

로즈의 마력탄 속도는 범상치 않다.

그건 모의전으로 싸워 본 내가 잘 안다.

그걸 몇 번 피했다면 그런대로 회피력을 길렀다는 뜻이다.

"그렇다면 네 동체 시력도 꽤 단련됐다는 거네. 역시 단장이야. 너한테 부족한 부분을 정확하게 단련시켜 줬어."

"감탄할 일이 아니야! 내가 몇 번이나 날아간 줄 알아?!"

"하하하. 치유마법 마력탄이니까 다치진 않잖아?"

"마음을 다쳤어!"

필사적으로 호소하는 네아와 이야기를 나누며 숙소 문을 열었다.

이 모습을 보면 정신 쪽도 아직 괜찮은 것 같지만 말이지.

"단장님은?"

"……안에 있어. 마왕군이 움직이기 시작해서 이것저것 할 일이 있대."

"확실히 할 일이 많을 것 같긴 해."

이번 싸움은 우리가 커버해야 하는 규모도 클 테니 지난번과는 사정이 다를지도 모른다.

네아의 말에 납득하며 단장실에 가려고 했는데, 뿔과 갈색 피부가 특징인 마족 소녀 페름이 복잡한 표정으로 식당 입구에서 나왔다.

나와 눈이 마주치자 페름은 멍한 표정을 지었다.

"페름. 다녀왔어."

"아, 어서 와……가 아니라! 너, 돌아왔어?!"

저번에도 그랬지만 인사는 확실하게 받아 주는구나.

이런 부분은 솔직해서 조금 훈훈하다.

그대로 나를 때리려고 드는 페름을 피하며 내 방에 짐을 내렸다.

"그럼 단장님을 만나러 갈까."

"역시 마왕군에 관해 얘기하려고?"

"응. 근데 벌써 이곳에도 얘기가 전해졌구나."

혼란을 피하기 위해 정보를 퍼뜨리지 않았다고 로이드 님이 말씀하셨기에, 네아와 험상궂은 면상들이 마왕군에 관해 알고 있는 것에 은근히 놀랐다.

"며칠 전에 로즈가 알려 줬어. 구명단은 링글 왕국에서 중요한 역할을 하잖아?"

네아의 말에 고개를 끄덕였다.

구명단은 전장에서 기사와 병사들의 생명선이기도 하다.

"우리는 전장에서 다친 기사들을 살리기 위해 달려야 하니까. 그걸 위해 매일 엄격한 훈련을 하고 있다고 봐도 돼."

다친 사람의 생명을 붙들기 위해 전장에서 데리고 나오는 검은 옷.

검은 옷이 데려온 부상자를 치유하는 회색 옷.

그리고 전장을 달리며 그 자리에서 부상자를 치유해 나가는 흰색 옷.

"……나도 지금 할 수 있는 일을 해야겠지."

"어? 뭘 하려고?"

"훈련. 오로지 훈련이야."

"평소에도 하잖아."

어이없어하면서 투덜대는 네아를 보며 고개를 가로저었다.

확실히 평소와 같은 훈련도 중요하지만, 이번 싸움은 지난번과 명백히 다르다.

수인의 나라에서 싸우게 되어 고전을 면치 못했고 한때는 목숨마저 위험했던 상대, 마왕군 제2군단장 코가. 그도 다음 전쟁에 나올 거라고 했다.

"아니, 여기서만 할 수 있는 훈련…… 그것도 단장이 있기에 가능한 특훈을 해야 해. 굉장히 고생하겠지만 내게 확실히 플러스가 되니까."

믿을 수 없다는 네아의 시선도 이해하지만, 싸움을 앞두니 아무래도 불안했다.

루크비스에서 선배랑 카즈키와 모의전으로 싸우며 내 힘이 부족하다는 걸 자각하기도 했고, 이번 싸움은 만만치 않으리라는 예감이 들었다.

그렇기에 내게는 멈춰 서 있을 여유 따위 없었다.

"……그러고 보니 단장님한테 물어보고 싶은 게 있었어."

마침내 도착한 단장실 앞에서 문득 생각났다.

회담하러 출발하기 전에 로즈가 말했던 『네로 아젠스』라는 이름.

로즈의 오른쪽 눈에 상처를 냈다고 하는, 어떻게 생각해도 흉흉한 실력을 가졌을 마족.

어디까지나 억측일 뿐이지만, 로즈와 네로 아젠스는 범상치 않은 인연이 있는 사이인 것 같았다.

"회담을 끝낸 지금이라면 이야기해 주려나……."

"뭘?"

"응? 아니, 아무것도 아니야. 자, 들어갈까."

애매하게 웃으며 네아에게 그리 대답한 나는 단장실 문을 두드렸다.

"우사토입니다."

『들어와.』

허가를 받고 단장실에 들어가니 책상 앞에 앉아 서류를 훑어보는 로즈의 모습이 시야에 잡혔다.

서류를 보면서 앞에 있는 용지에 뭔가를 적는 로즈의 모습은 의외였다. 구명단의 단장으로서 사무를 보고 있다는 건 알았지만 실제로 그 모습을 거의 본 적이 없었기 때문이다.

"단장님, 지금 귀환했습니다."

"오냐. 회담에서 있었던 얘기는 전해 들었어. 부단장으로서 첫 임무였는데 잘 해낸 모양이야."

"많은 사람에게 도움을 받았지만요. 하하하……."

부단장으로서 임무를 잘 완수했는지는 나도 모르겠다.

나름대로 열심히 했다고 말하고 싶지만, 이번 회담에서도 반성할 점이 더 많았던 것은 사실이다.

내 말에 손을 멈추고 나를 본 로즈는 들고 있던 펜을 책상에 놓았다.

"마왕군에 관해 묻고 싶은 거지?"

"네. 마왕군이 올 때까지 구명단은 어떻게 움직이나요?"

지난번에는 갑작스럽게 진군해 와서 우루루 씨와 올가 씨를 포함한 구명단원 전원을 소집한 후 바로 전장으로 갔지만, 그때와 비교하면 시간이 있는 만큼 이것저것 할 수 있는 일이 있을 터다.

"성의 기사와는 달리 우리는 마왕군이 본격적으로 움직이기 전까지 크게 움직이지 않아. 움직인다면 타국의 군대와 합류할 때지."

"그렇다면."

"다가올 진군에 대비하란 거야."

로즈는 그렇게 말하고서 테이블에 놓인 서류를 내 앞으로 밀었다.

"이건?"

"네가 돌아오기 전에 날아든 계획서다. 읽어 봐."

서류를 들고 글자를 훑어봤다.

"구명단을 보조하는 인원이 파견되는 건가요?"

"그래. 치유마법사는 아니지만 각 나라에서 의료에 정통한 자들이 파견된다고 해. 물론 그 외에 힘쓰는 일을 맡을 사람도 올 거고."

"이번에는 일손이 부족하니 말이죠……."

이번 싸움은 구명단에 있는 인원만으로 다 커버할 수 없을 것이다.

나와 로즈, 검은 옷들은 그렇다 쳐도, 빠르게 부상자에 대응해야 하는 회색 옷의 올가 씨와 우루루 씨는 부담이 크리라.

두 사람의 부담을 줄이려면 그들을 보조해 줄 인원이 필요하다.

"이 얘기, 받아들이실 건가요?"

"그래, 그럴 생각이야."

로즈도 그걸 아는지, 내가 돌려준 서류에 사인했다.

"회복마법뿐만 아니라 약초에 의한 기술적인 처치도 필요해져. 이 사람 저 사람 닥치는 대로 치유마법으로 완치시킬 여유는 없다고 생각해도 돼."

"그렇겠죠."

고칠 수 있는 사람의 한계를 생각해야 한다는 뜻이다.

첫 번째 전쟁 때도 비슷한 말을 들었지만 이번에는 그 무게가 달랐다.

"그리고 내가 움직이지 못하게 될 가능성도 있어. 가능한 한 대비는 해 둬야 해."

"……."

대수롭지 않게 중얼거린 로즈에게 나는 대답할 수 없었다.

이 사람은 약한 소리를 하지 않는다. 그렇다면 방금 말한 대로 로즈가 움직이지 못하는 사태가 벌어질지도 모른다는 뜻이다.

그런 상황은 상상하고 싶지도 않지만, 그때는 또 다른 흰색 옷인 내가 솔선하여 움직여야 한다.

그렇게 생각하고 있으니 서류를 보던 로즈가 내게 시선을 보냈다.

"부단장으로서 뭔가 의견 있나?"

"……음, 결정 자체에는 이견 없습니다. 하지만 마왕군이 오기 전에 해 두고 싶은 일은 몇 개 있어요."

"뭐지?"

"일단 수상도시 미아라크의 여왕, 노른 님에게 용사의 무기에 관해 문의하는 글을 보내고 싶어요."

마왕군과의 싸움에서 용사의 무기는 분명 필요해질 것이다.

만약 제때 맞출 수 없다면 그걸 전제로 싸움 방식을 생각해야 하니 연락은 필수다.

다만 보낼 상대가 상대다 보니 로이드 님을 통해 국가 간의 정식 서면으로 보내야 했다.

"다른 하나는, 시간이 있다면 단장님께 직접 지도를 받고 싶어서요."

"호오. 또 호되게 당할 텐데?"

"오히려 바라는 바입니다. 이골이 났으니까요."

"훗, 좋겠지."

"부, 부엉……."

로즈가 웃자 어깨에 있는 네아가 겁먹은 소리를 냈다.

훈련에 지름길은 없다.

설령 두들겨 맞더라도 그 끝에 확실한 성과가 있다면 할 수밖에 없다.

내심 각오를 다지다가, 팔짱을 끼고 눈을 감은 로즈가 뭔가 고민하고 있음을 깨달았다.

"단장님?"

"……적당한 시기인가."

로즈는 침묵 후에 그렇게 중얼거리고서 나를 보았다.

무슨 생각을 하는지 그 표정만 봐서는 알 수 없었지만, 뭔가 중요한 일이라는 것은 어렴풋이 알 수 있었다.

"저녁 먹고 나서 다시 단장실에 와라. 할 얘기가 있으니."

"예? 지금 하면 안 되나요?"

그렇게 묻자 로즈는 서류가 쌓인 책상을 가볍게 두드렸다.

"공교롭게도 정리해야 하는 작업이 있어서 말이지. 이쪽이 먼저야."

"……알겠습니다."

밤인가.

로즈에게 상처를 입힌 마족, 네로 아젠스 관한 이야기일지, 아니면 다른 이야기일지, 그건 모르겠다.

하지만 내게 중요한 이야기가 되리라는 희미한 예감은 들었다.

🌸제2화 장절! 밝혀지는 과거!!

단장실에서 나온 네아와 나는 블루 그리즐리 블루링이 있는 마구간으로 갔다.

목적은 블루링의 상태를 확인하는 것이었다.

이러니저러니 해도 지금까지 이렇게 오래 블루링과 떨어져 지낸 적은 없었기에 무슨 짓을 저지르진 않았을지 걱정됐다.

일단 사람을 덮치지는 않을 거라고 단언할 수 있지만, 잠이 덜 깨서 나크를 나로 착각하고 업히려고 할 가능성도 있었다.

이렇다 할 소동은 일으키지 않았다고 네아가 그랬지만…….

"블루링, 얌전히 잘 지냈어~?"

"크앙?"

"뀨~."

"아, 우사토 씨."

마구간에는 블루링 외에 나크가 있었고, 짚단 위에 앉아 있는 검은 토끼, 누아르래빗 쿠쿠루도 있었다.

쿠쿠루를 보고서 노골적으로 경계하는 네아는 무시하기로 하고, 보아하니 나크도 블루링과 사이좋게 지내고 있는 모양이라 안심했다.

"다녀오셨어요? 우사토 씨!"

"응, 다녀왔어. 블루링은…… 괜찮은 것 같네."

"네. 기본적으로 얌전해서 저도 전혀 걱정 없었어요!"

"크앙~."

당연하다는 듯 울음소리를 낸 블루링을 쓰다듬고 있으니 어깨에 있던 네아가 뜬금없이 날아올랐다.

무슨 일인가 싶었는데 날아오른 네아 대신 쿠쿠루가 내 어깨에 앉았다.

아무래도 쿠쿠루의 돌격을 네아가 피한 듯했다.

"하! 이전의 내가 아니거든?! 너처럼 성격 더러운 토끼의 공격 따위 정지 화면으로 보여! 바~보! 멍~청이!"

네아는 하늘을 날며 쿠쿠루를 향해 수준 낮은 폭언을 뱉었다.

"네아, 토끼 상대로 슬프지 않아?"

"이 녀석의 본성을 알고 나니까 전혀 안 슬퍼!"

뭐, 확실히 아무렇지도 않게 사람을 속여 먹는 악마 같은 토끼지만.

한편 쿠쿠루는 네아의 도발 따위 조금도 신경 안 쓰는지 내 뺨에 머리를 비볐다.

귀여워.

"이이이익! 거긴 내 자리야!!"

"큐!"

놀랍도록 쉽게 도발에 넘어간 네아가 쿠쿠루에게 돌격했다.

그것을 알아차린 쿠쿠루는 어깨에서 뛰어, 올빼미 상태인 네아의 등을 걷어차고 마구간 입구로 가 버렸다.

등을 걷어차인 네아는 「꺄아~」하고 한심한 비명을 지르며 추락

(?)할 뻔했지만 그 전에 내가 양손으로 받았다.

"괜찮아?"

"으, 윽, 저 토끼……! 열 받았어! 용서 못 해!"

번쩍이는 빛과 함께 흑발 적안의 소녀 모습으로 돌아온 네아는 도망친 쿠쿠루를 쫓아 마구간에서 나갔다.

"……즐거워 보이니 다행, 일까?"

쿠쿠루도 같이 놀 상대가 생겨서 어쩐지 기뻐 보이는…… 것 같기도 하다.

나는 짚단에 앉아 나크에게 말했다.

"루크비스에서 키리하 남매를 보고 왔어. 그리고 미나도."

"……! 그런가요. 여전했죠?"

"뭐랄까…… 너도 그 아이도 여러 가지로 고생이었구나 싶더라. 관계가 아주 엉망진창으로 꼬였어."

학원에서 처음 만난 사이였다면 모를까, 소꿉친구라는 점이 관계를 더 복잡하게 만들었다.

"뭐, 저도 그 녀석도 잘못한 점은 있으니까요. 그 녀석이 저지른 일은 간단히 용서할 수 없지만…… 지금은 그걸 곰곰이 생각할 여유가 없어서 보류 중이에요."

보류라…….

당사자도 아닌 내가 참견할 일은 아니니 지켜봐야겠지.

"아무튼 키리하 씨랑 쿄우 씨는 잘 지내고 있나요?"

"둘 다 너를 걱정하더라."

"저를……."

"편지라도 보내 주는 게 어때? 아마코한테 부탁하면 루크비스에 있는 키리하 남매에게 후버드로 편지를 전할 수 있을 거야."

"그럴게요!"

나크에게도 키리하 남매는 둘도 없는 친구이리라.

나는 밝게 대답한 나크를 보고 미소 지으며 자리에서 일어나 가볍게 준비 체조를 했다.

"계속 마차를 타고 이동했으니 조금 몸을 움직일까. 나크도 같이 뛸래?"

"우사토 씨만 괜찮다면 같이 달리고 싶어요!"

로이드 님과 로즈에게 마왕군에 관해 들어서 그런지 몸을 움직이고 싶었다.

사실 로즈가 쉬라고 했지만…… 뭐, 너무 무리하지 않는다면 안 혼나겠지?

겸사겸사 어느새 늘어져 자고 있는 블루링도 깨우자.

잠에 취해 어기적어기적 일어난 블루링의 등을 밀며 나크와 함께 숙소 밖으로 나갔다.

나가 보니 네아가 숨을 헐떡이며 땅에 엎어져 있었다.

"하아, 하아…… 야! 비키라고 했지!"

"뀨, 뀨~."

"계속 무시하고……!"

머리 위에서 깡충깡충 뛰며 도발하는 쿠쿠루를 네아가 쫓아내려고 했지만, 쿠쿠루는 휙 피하고서 다시 달아났다.

그 모습을 본 나는 무심코 눈을 돌렸다.

"……네아한테는 같이 가자고 안 해도 되겠어."

"그, 그러게요."

이미 기진맥진한 네아를 무시한 우리는 평소보다 느긋하게 달리기 시작했다.

여유롭게 달려서 그런지 나도 모르게 이것저것 생각하고 말았다.

오늘 밤 로즈에게 무슨 이야기를 들을지, 마왕군은 언제 진군해 올지, 앞으로 나는 어떤 방침으로 움직이면 좋을지 등등.

생각이 거의 나쁜 방향으로만 흘러갔지만, 한 가지 확실한 것이 있다면—.

"남은 시간은 별로 없다는 거지."

싸움을 피할 수는 없다.

그렇기에 이 한정된 시간에 할 수 있는 일을 해 나가야 한다.

***

나크와 훈련하고 저녁 식사를 마친 나는 조금 긴장한 상태로 단장실 앞에 서 있었다.

생각해 보면 낮에 본 로즈는 뭔가 각오한 듯한…… 평소와 조금 다른 분위기였다.

숨을 한 번 내쉬고 단장실 문을 두드렸다.

들어오라는 목소리에 천천히 문을 열자, 로즈가 늘 앉는 곳에 앉아서 창밖의 경치를 바라보고 있었다.

수북하게 쌓여 있던 서류는 이미 정리했는지 책상 위가 깨끗했다.

"편히 앉아."

"네. 실례합니다."

미리 준비되어 있던 의자에 앉았다.

침묵이 찾아와서 조금 어색하게 느끼고 있으니 로즈가 불쑥 입을 열었다.

"조금 전까지 네가 이 세계에 왔을 때를 떠올리고 있었어."

"이 세계에 왔을 때라면…… 용사 소환에 휘말려서 왔을 때 말인가요?"

"그래."

로즈의 말에 나도 이 세계에 왔을 때를 떠올렸다.

그날부터 지금의 내가 시작됐다고 봐도 좋을 것이다.

로즈에게 끌려와 강제로 입단하고 지옥 풀코스를 체험했던 일을 생각하면 여러모로 감개무량하지만.

"지금 생각해 보면 너를 찾아낸 건 기적이었어."

"예?"

창밖에서 시선을 떼지 않은 채 중얼거린 로즈의 말에 얼떨떨해졌다.

실례일지도 모르지만, 로즈의 이미지와 안 맞는 「기적」이라는 단어가 그녀의 입에서 나온 것에 놀라고 말았다.

로즈는 마침내 내 쪽으로 얼굴을 돌렸다.

"우사토, 너는 틀림없이 일반인이야. 원래대로라면 그런 네가 용사 소환에 휘말려 이 세계에 올 일은 없었겠지."

"확실히 제게 용사의 소질이나 재능 같은 건 없으니까요. 평범하게 생각하면 소환될 리가 없죠."

마법사로서의 재능도, 전투 센스도, 선배나 카즈키가 압도적으로 뛰어나다.

마력량도 보통보다 조금 많을 뿐이다.

그런 내가 오늘까지 살아올 수 있었던 것은 한결같이 몸을 단련했기 때문이었다.

"제가 이 세계에 왔을 때, 단장님이 성에서 저를 데려오지 않았다면 분명 지금과는 다른 길을 걸었을 거예요."

"그렇겠지. 웰시나 올가한테 마법을 배우고 평범한 치유마법사가 됐을 거야."

지금처럼 완력으로 육탄전을 벌이거나 전장 한복판을 달리지는 않았을 터다.

그런 「만약」의 풍경을 머릿속에 그리고 있으니 나를 돌아본 로즈가 웃었다.

"왜? 그편이 좋았어?"

로즈가 놀리듯이 말해서 나도 쓴웃음을 지으며 대답했다.

"그럴 리가요. 저는 지금 여기 있는 자신이 가장 마음에 들어요. 그리고 여기서 단련했기에 도울 수 있었던 사람들도 있어요."

서신 전달 여행 중에 만났던 사람들의 모습이 뇌리에 떠올랐다.

31

때로는 위기에 빠지기도 했고, 어떻게도 할 수 없는 사태가 벌어질 뻔하기도 했지만, 끝내 도울 수 있었다.

"원래 살던 세계에서는 정말로 평범한 학생이었어요. 자신을 바꿀 계기가 생기면 좋겠다, 똑같기만 한 일상이 바뀌면 좋겠다, 그렇게 어렴풋이 바라고 있었어요. 하지만 이 세계에 오고 나서 그 생각은 바뀌었어요."

일상이 크게 바뀌면서 내 생각도 점차 변화했다.

그 계기는 선배와 카즈키라는 두 용사, 그리고 구명단에 있다고 생각한다.

"처음에는 두 사람을 돕고 싶어서 필사적으로 훈련했어요. 두 사람에게 폐 끼치고 싶지 않고, 내 치유마법이 도움이 될지도 모르니까."

그때는 구명단의 훈련과 함께 막무가내로 돌진했던 것 같다.

바꿔 말하면 모호한 이유로 전진하려고 했던 것이다.

"물론 무섭기도 했어요."

사실은 목숨 걸고 싸우는 게 무서웠다.

"링글의 어둠에서 뱀처럼 생긴 마물과 싸운 적이 있잖아요?"

"그랬지."

"그때 처음으로 살의를 접했어요. 이제껏 살면서 받아 본 적 없는 감정이었죠. 저는 죽음에 대한 공포를 느꼈어요."

로즈가 도와주러 온 임팩트가 강했지만 그때는 정말로 무서웠다.

"그 후 마왕군과 싸우면서 저는 기사분들의 목숨을 구하기 위해 전장을 달렸어요. 처음으로 겪는 전장은 너무너무 무서웠지만, 그래도 선배와 카즈키를 살려서 다행이라고 생각해요."

……

아니, 틀렸다.

그런 생각이 들어서 고개를 가로저었다.

"죄송해요. 방금 제 본심을 얼버무렸어요."

"……아니, 상관없어. 무리해서 말하지 않아도 돼."

"감사합니다. 하지만…… 괜찮아요."

거짓말하지는 않았지만 진의는 말하지 않았다.

시선을 아래로 떨어뜨리고 지금껏 누구에게도 이야기하지 않았던 속마음을 꺼냈다.

"제 눈앞에서 힘이 다하고 말았던 사람들의 얼굴이 지금도 선명하게 떠올라요."

확실히 선배와 카즈키를 살려서 다행이라고 생각한다.

하지만 살리지 못한 사람도 많았다.

"다들 살고 싶었을 거예요. 그런데 살리지 못했어요."

마왕군과의 첫 싸움에서 나는 모든 생명을 구하지는 못했다.

간발의 차이로 살리지 못한 사람도 있었다.

손을 잡았는데 이미 차게 식은 사람도 있었다.

그래도 나는 전장을 계속 달렸다.

아직 싸우고 있는 사람들이 있기에 멈출 수 없었다.

"그 뱀과 싸우면서 죽음을 의식했기에, 그 공포를 누구도 겪게 하고 싶지 않았어요."

그런 무서운 경험은 누구도 하지 않기를 바랐다.

말도 안 되는 일이어도 도저히 허용할 수 없었다.

"그때부터 갈 곳 없는 후회는 줄곧 가슴에 남아 있어요."

심장이 있는 위치에 손을 얹었다.

"단장님과 훈련하며 아무리 강해졌어도, 역시 저는 열일곱 살 애송이에 불과했어요. 눈앞의 현실에 짓눌릴 것 같았고, 심지어 줄곧 그걸 가슴에 담아 두고 있었어요."

마왕군과의 첫 싸움을 다시금 떠올리고 얼굴을 들었다.

"그러고 나서…… 저는 서신 전달 여행을 통해 다양한 체험을 했어요."

생각해 보면 정말로 재난 가득한 여행이었다.

하지만 그 여행길에서 나는 많은 것을 보았다.

루크비스에, 한 소년을 상처 입히는 소녀가 있었다.

중간에 들른 마을에, 심심풀이로 사람을 속이는 마물 소녀가 있었다.

사마리알에, 부조리한 운명을 강요받은 왕녀가 있었다.

히노모토에, 자신의 목적을 위해 잔인무도한 짓을 하는 수인이 있었다.

각 사건에 휘말리고 어떻게든 해결한 끝에, 나는 자신의 내면을 좀먹던 감정을 매듭지었다.

"후회하고 있을 여유는 없어요. 앞으로 발을 내딛지 못했던 자신에게 변명하지 못하도록 전력으로 행동하겠어요. 조금이라도 멈춰 서면 살릴 수 있었을 목숨도 살리지 못하니까요."

확실히 나는 성장했지만, 그렇다고 어른이 됐느냐고 묻는다면 아니라고 단언하겠다.

오히려 열일곱 살 애송이 나름대로 답을 낸 것이다.

"모든 사람을 구할 수 있다고 생각하지는 않는다는 하찮은 소리는 두 번 다시 내뱉지 않을 거예요. 이상론을 이야기하는 것이 구명단의 방식이라면 저는 진심으로 모든 사람을 구하기 위해 전력으로 움직이겠어요."

뻔뻔한 발언일까.

하지만 나는 진심이다.

얼굴을 들고 똑바로 로즈와 눈을 맞추자 그녀는 일순 눈을 크게 떴다.

"……그게 네가 찾은 답인가."

"네. 바꿀 생각은 없고, 저는 이 답을 따라 행동할 거예요."

"하……!"

로즈는 손으로 눈가를 덮고서 웃었다.

몇 초쯤 침묵한 그녀는 무슨 생각을 했는지 천천히 숨을 내뱉었다.

"그런가. 너는 이미 그 녀석들을 뛰어넘었구나……."

"그 녀석들……?"

고개를 갸웃하자 로즈는 눈에서 손을 뗐다.

"우사토, 네가 내린 답은 네 거다. 설령 아무도 네 답을 이해하지 못하더라도 절대 굽히지 마라."

"물론 그럴 거예요."

"그럼 됐다."

내 대답을 듣고 로즈는 만족스럽게 고개를 끄덕였다.

"서론이 길어졌군. 슬슬 본론으로 넘어가지."

"앗, 네."

로즈는 책상에 팔꿈치를 올리고 깍지를 꼈다.

나도 조금 긴장하며 이야기가 시작되기를 기다렸다.

"……네로 아젠스. 녀석에 관해 이야기하려면 내가 구명단을 창
립하기에 이른 이유도 이야기해야 해."

"구명단이 만들어진 이유……."

"우선 내가 링글 왕국 기사단의 대대장이었을 적에 관해 이야기
할까."

대대장. 그게 상당히 높은 직함이라는 건 안다.

애초에 신체 능력뿐만 아니라 상황 판단 능력도 독보적인 이 사
람이 일반병에 머무를 턱이 없었다.

"구명단이 창설되기 전에 나는 작은 부대를 이끌고 있었어."

"그 부대원이…… 통이랑 다른 녀석들이었나요?"

"아니. 그 녀석들보다 먼저 내 부하였던 녀석들이 있었어. 내가
손수 모은 기사단의 문제아들로 구성된 부대였지. 구성원은 나를
제외하고 고작 일곱 명뿐이었지만 그 실력은 확실해서 집단전에서
는 그야말로 적수가 없었어."

뭔가 현 구명단의 단원과 비슷한 것 같다.

특히 문제아로 구성된 부분이.

이전 부하들에게 흥미가 생긴 나는 겸사겸사 질문하기로 했다.

"그 사람들은 지금 어쩌고 있나요?"

"죽어 버렸어. 마왕군과의 싸움이 시작되기 전에 말이야."

"네……?"

"신경 쓰지 마. 너한테는 일부러 말하지 않았으니까. 모르는 게 당연해. 그 녀석들은 전부 멀쩡한 행동을 안 했거든. 온갖 장소에서 문제를 일으켰기에 내가 직접 지도했어."

"그건 지금의 구명단과 별반 다르지 않네요……."

"그러니까 말이야. 너를 보고 있으면 그 녀석들이 생각나."

어째서 저만 지목하시는 거죠……?

아무튼 그 사람들이 살아 있다면 얘기해 보고 싶었는데.

"……다행히 시간은 아직 있으니까. 그 녀석들에 관해 가르쳐 주마."

"괜찮으시겠어요? 단장님께는 괴로운 얘기이지 않나요……?"

"이상한 배려는 필요 없어. 그리고 그 녀석들에 관해 너한테 얘기하는 건…… 내게도 필요한 일이야."

로즈는 예전 부하들에 관해 한 명씩 이야기하기 시작했다.

하나같이 개성 넘치는 사람들이었다.

생김새를 제외하면 험상궂은 면상들조차 웃돈다는 생각이 들 정도였다.

그들에 관해 이야기하는 로즈의 표정은 즐거워 보였다.

"일곱 번째가…… 그래. 그 녀석은 너랑 아주 닮았어."

"예? 저요?"

"성별은 여자지만."

어쩐지 다른 사람을 소개할 때보다도 로즈의 말에 감정이 담겨 있는 것 같았다.

그만큼 각별한 사람인 걸까?

"이름은 아울. 부대의 부대장을 맡겼던 내 부관이야."

"아울 씨, 로군요."

"나이는 너랑 크게 다르지 않았지. 바보처럼 밝지만 꼬박꼬박 말대꾸하는 건방진 녀석이었어."

나도 꼬박꼬박 말대꾸하는 게 건방지다는 뜻으로 들리는데······ 로즈 상대로 건방지게 군다는 자각은 있지만.

"지기 싫어하는 성격이라 아무리 험하게 굴려도 물어뜯으려고 하는 게 아울이었어."

"아~ 확실히 저랑 닮았을지도 모르겠네요······."

"그렇지? 그 녀석이 살아 있었다면 너랑 죽이 잘 맞았을지도 몰라."

내 유일한 장점이 지기 싫어하는 성격이다.

분명 아울 씨도 『절대 굴복하지 않겠다』 『질 것 같냐』 하는 마음으로 로즈의 훈련을 극복했겠지.

"솔직히 너를 생전의 아울과 몇 번 겹쳐 본 적도 있어. 부단장으로 임명했을 때도 그랬지."

"아~ 아울 씨가 부대장이고 제가 부단장이라······."

"하는 짓도 성격도 거의 같았으니까."

로즈는 넌더리가 난 것처럼 말했지만 그리워하는 것 같았다.

"지금 얘기한 일곱 명이 내가 이끌던 부대의 부하들이었어."

"뭐랄까, 옛날부터 여러 가지 의미로 강렬한 사람들을 이끌었네요."

"그건 지금도 똑같지만 말이지. 일부는 네가 데려온 거나 마찬가지지만."

확실히 나중에 들어온 나크와 페름은 내가 데려왔다.

"각설하고 네로 아젠스와의 인연과 구명단을 창설하게 된 이유인데. 마왕이 부활하기 전까지 얘기가 거슬러 올라가."

로즈의 말에 귀를 기울였다.

"그때까지 큰 움직임을 보이지 않았던 마족들이 이해할 수 없는 행동을 하고 있다는 정보가 기사단에 소속되어 있던 내 귀에 들어왔어."

"마왕이 부활하기 전까지는 마족과의 본격적인 싸움이 없었던 건가요?"

"그래. 작은 분쟁은 있었지만 대규모 전투는 수백 년간 일어나지 않았었어. 그렇기에 마족들의 이해할 수 없는 행동에 링글 왕국은 필요 이상으로 경계했어."

그야, 여태껏 크게 움직이지 않았던 세력이 이상한 움직임을 보이면 경계하는 것도 무리는 아닐 것이다.

"그리고 이상하게 행동하는 마족이 목격된 곳은 너도 잘 아는 『링글의 어둠』이었지."

"링글 왕국과 가까운 곳이잖아요……."

"마족은 가뜩이나 인간보다 신체 능력이 뛰어난 녀석들이야. 어중간한 전력을 보내도 의미가 없다고 판단되어 당시 대대장이었던 내가 마족 정찰 임무를 맡은 게 일의 발단이야."

링글의 어둠은 왕국에서 마차로 몇 시간 걸리는 거리지만, 링글 왕국 사람들이 불안하게 여기는 것도 이해가 갔다.

"나는 임무에 부하들을 데려가기로 했는데……."

"……단장님?"

부자연스럽게 이야기가 끊겨서 고개를 갸우뚱하자, 로즈가 한동안 침묵한 후에 다시 입을 열었다.

"……그 당시 나는 치유마법의 힘을 너무 과신하고 있었어. 즉사하지만 않는다면 부하들을 죽일 일도, 내가 죽을 일도 없다고 생각했지. 그리고 부하들도 그런 나를 믿고 전폭적으로 신뢰해 줬어."

"……."

「치유마법에 너무 의존한다.」

회피를 익히는 훈련을 할 때, 로즈가 내게 했던 말이다.

이야기를 듣고 나니 그 말의 진의가 보였다.

"링글의 어둠에 정찰하러 간 우리는 거기서 십여 명 규모의 마족과 마주하게 됐어."

"마족은 거기서 뭘 하고 있었나요……?"

"강력한 마물을 포획하고 있는 것 같았어. 어쩌면 너를 덮쳤던 뱀 마물과 관련이 있을지도 모르지만, 정확히는 나도 몰라."

그 거대 뱀 말인가.

그랜드 그리즐리를 해치울 정도의 힘을 가진 마물이었는데, 그

강함의 근본은 마족에 의해 초래된 것일지도 모르는 거구나.

"그리고 그 마족 중에 성가신 녀석이 한 명 있었어. 그게 바로 네로 아젠스야."

그때를 떠올리듯 로즈는 눈을 감았다.

"이 녀석은 다른 송사리와 다르다는 걸 한눈에 알았어. 상대도 똑같이 생각했겠지. 나도 처음 겪는 일이었어."

바람을 다루는 마족이라고 듣긴 했는데, 대체 어떤 방식으로 싸우는 걸까?

로즈에게 상처를 입힌 것만 봐도 보통이 아니라는 건 알 수 있지만.

"녀석의 실력을 간파한 나는 쓸데없는 전투를 피하기 위해 마왕령으로 물러나라고 경고했지만, 마족 측은 즉각 거부하고 목격자인 우리를 처리하려고 했어."

"대화는 필요 없다는 거군요. 마족 측에게도 그럴 만한 이유가 있었던 걸까요?"

"그래. 녀석들은 봉인된 마왕이 부활할 것을 예기하고 있었어. 그때에 대비해 전력을 모으다가 우리와 맞닥뜨린 거지."

마왕이 부활하기에 마족이 움직이기 시작했다.

그걸 안 링글 왕국은 혼란에 빠졌을 것이 틀림없다.

"싸움이 시작되자마자 다른 마족은 부하들에게 맡기고 나는 네로 아젠스를 제압하기로 했어. 부하들에게 맡기기에는 녀석이 너무 강했으니까."

"네로 아젠스는 어떤 방식으로 싸웠나요?"

"녀석은 바람마법을 두르는 기술을 썼어. 바람이 갑옷 역할을 함과 동시에 회피부터 공격까지 보조했지. ……거의 반칙이나 다름없는 전투력을 가지고 있었어. 덕분에 내 공격은 바람 갑옷에 막혔고."

로즈는 대수롭지 않게 말했지만 그녀의 주먹을 방어할 수 있는 마법이라니 정상이 아니었다.

몇 번이나 얻어맞은 나이기에 할 수 있는 말인데, 힘을 가감했을 펀치에도 가볍게 수십 미터는 날아갔다.

네로 아젠스는 무슨 요새라도 되는 건가?

"으어, 그런 녀석을 상대로 어떻게 싸워야 하는 거죠……."

"내가 싸우는 방식은 너와 크게 다르지 않아. 접근해서 때린다. 그게 다야. 녀석이 가지고 있던 붉은 검에는 절대 닿지 않으려고 했지만."

"예? 어째서요?"

"그 녀석의 무기는 참격 시에 뭔가 저주를 부여하는 마검인 것 같다고 짐작했기 때문이야. 뭐, 딱 봐도 위험해 보이는 검이었으니까."

저주를 부여하는 마검.

로즈가 강하다고 말할 정도의 실력을 가진 사람이 그런 검까지 사용하다니…….

"상처에 작용하는 저주에 치유마법은 효과가 없다고 예전에 충고했던 거 기억해?"

"네. 잊을 리가 없죠."

잊고 싶어도 잊을 수가 없어요.

회피를 익히기 위해 얻어터지던 충격적인 훈련을 할 때 들은 말이니까요.

"너에게 그렇게 충고한 건, 네로가 가지고 있던 검이 딱 그랬기 때문이야."

"……!"

"녀석이 가지고 있던 마검은 베어 낸 부분의 마력 흐름을 일시적으로 끊는 저주를 부여했어."

일시적으로 끊는다면 거기에는 마력이 안 흐르게 되는 거지? 치유마법은 상처에 마력을 흘려서 고치니까—.

"헉?! 그거, 우리 치유마법사에게는 천적이잖아요!"

"맞아. 즉, 상처를 입은 부위에 회복마법이나 치유마법이 효과를 발휘하지 못하게 한다는 뜻이야. 그나마 저주의 효력이 어디까지나 일시적이라서 다행이었지."

저주의 효력은 일시적이라지만 하필이면 그런 힘이라니…….

"그런 검을 쓰는 상대와 잘도 싸우셨네요……."

"그렇게 어려운 일은 아니야. 하지만 실력이 비등해서 승부가 나지 않았어."

그런 반칙적인 마검을 쓰는 상대와 호각으로 싸울 수 있는 것만 봐도 로즈가 얼마나 터무니없는 사람인지 알 수 있었다.

"한편 따로 싸우던 부하들은 십여 명 규모의 마족을 상대하면서도 싸움을 우세하게 이끌고 있었어."

"불과 일곱 명인데도 강했군요."

"그래. 하지만 나는 네로 아젠스와 마족들의 각오와 집념을 너무 가볍게 봤어."

로즈는 창문으로 시선을 돌리고서 손바닥으로 오른쪽 눈을 덮었다.

그 모습을 보고 불길한 예감을 느낀 나는 조심조심 질문을 던졌다.

"무슨 짓을 했길래?"

"녀석들은 그 자리에서 우리를 제거하기 위해 자멸을 각오하고 돌격해 왔어."

아연해하는 내게 로즈가 계속 말했다.

"네로의 명령을 들은 마족들은 자신이 다치든 말든 상관하지 않고 내 부하들에게 달려들었어. 설마 싸우던 상대 전원이 자멸을 각오하고 돌격해 올 줄은 상상도 못 했겠지. 부하들은 한 명씩 마족과 함께 쓰러졌어."

"맙소사, 제정신이 아니야……."

자신의 목숨을 돌아보지 않고 달려든다. 그것도 전원이 그런다면…… 바로 대응할 수 있을 리가 없다.

"그 광경을 보고 동요한 나는 네로에게 허를 찔렸고 오른쪽 눈을 베이고 만 거야."

"네로 아젠스의 검에는 저주가 있으니까……."

"그래."

저주 때문에 마력 흐름이 끊겨서 치유마법이 무효화된다.

시야의 절반을 잃는다.

그럼 한쪽 눈으로만 싸우면 된다고 생각할 수도 있지만 그렇게 간단한 이야기가 아니다. 절반이 된 시야, 거리감, 모든 것이 다르게 보이는 가운데 평소처럼 싸우는 것은 거의 불가능에 가깝다.

"치유마법을 과신한 대가를 이때 치르게 된 거겠지. 다친 동료도 치유마법으로 바로 고칠 수 있다. 나 자신도 치유마법이 있는 한은 완벽한 상태로 싸울 수 있다. 그 자만이 최악의 상황을 초래한 거야."

그 자만은 내 안에도 적잖이 있었다.

그렇기에 지금 이 이야기는 내게도 남의 일이 아니었다.

"차례차례 죽어 가는 부하들을 그저 보고만 있어야 했던 나를 네로가 끝장내려고 한 순간, 유일하게 무사했던 아울이 내 방패가 되어서— 정면으로 검을 맞고 베였어."

"……!"

"치유마법을 베풀면 고칠 수 있는 상처였지만 마검의 저주가 그걸 허락하지 않았어. 그곳에서 살아 있던 사람은 네로와 나, 치명상을 입고 빈사 상태에 이른 아울뿐이었어."

나는 말문이 막히고 말았다.

지옥조차 상대가 안 되는 처참한 상황이라 뭐라고 말하면 좋을지 알 수 없었다.

"화가 나서 돌아 버릴 것 같았어. 쓰러져 가는 부하들을 보며 아무것도 하지 못한 자신에게 화가 났고, 죽어 가는 아울을 구하지 못하는 자신에게 화가 났어. 하지만 그 이상으로— 눈앞의 네로 아젠스가 참을 수 없이 증오스러웠어."

『증오』라는 단어가 로즈의 입에서 나왔을 때, 나는 무심코 어깨를 떨고 말았다.

로즈의 폭언은 많이 들었지만 증오의 감정을 담은 말은 처음으로 들었기에 순수하게 무서웠다.

"분노와 증오로 이성을 잃고서 다친 몸을 억지로 움직인 나는 치유마법도 따라올 수 없을 만큼 몸을 혹사하며 네로를 죽이기 위해 주먹을 휘둘렀어."

"······죽여 버렸나요?"

"아니. 녀석에게서 뺏은 마검을 꽂아 궁지에 몰았으나 무리였어. 내 몸이 버티지 못하기도 했지만, 끝장내려고 했을 때, 그 자리에 없었던 마족 꼬맹이가 나타나 녀석을 살리려고 하는 광경을 봤고······ 그 모습이 아울과 겹쳐 보이고 말았어."

로즈를 감싸고 치명상을 입은 아울 씨와 궁지에 몰린 네로 아젠스를 구하려는 마족.

당시의 로즈에게는 얄궂은 광경이었을 것이 틀림없다.

"이게 나와 네로 아젠스의 인연이야."

이 사람은 상상도 못 할 만큼 괴로운 과거를 경험했다.

부하들에 관해 이야기할 때의 온화한 어조와 표정에서 그들을 얼마나 믿고 소중히 여겼는지가 아프도록 전해졌었다.

그렇기에 묻고 싶은 게 있었다.

"······단장님은 지금도 네로 아젠스를 미워하시나요?"

"미워하지 않는다고 하면 거짓말이겠지. 자신의 부하조차 버리는 말로 쓴 녀석이야. 용서하는 게 더 이상하지만······."

거기까지 말하고서 마침내 로즈는 웃었다.

"그 녀석이…… 아울이 죽기 전에 말했거든. 자신들이 동경했던 나인 채로 줄곧 있어 달라고."

"아울 씨가……."

"원망이라도 내뱉어 줬다면 얼마나 좋았을까……. 그 녀석은 웃으면서 말했어. 나는 필사적으로 살리려고 했는데 말이야."

아울 씨는 마지막 순간까지 이 사람을…….

아울 씨에 관해 말한 로즈는 곤란한 듯 웃었다.

"그럼 그럴 수밖에 없잖아? 이런 나를 동경했던 그 녀석들과 당당히 마주 할 수 있는 삶을 살아야지."

아울 씨가 남긴 말이 지금의 내가 아는 구명단의 로즈라는 인물을 만들었을지도 모른다.

적어도 내가 생각하기에는 그랬다.

"그리고 나는 구명단은 만들었어. 다가올 마왕군과의 싸움에 대비하기 위해. 그리고 나처럼 가슴이 찢어지는 듯한 고통을 누구도 맛보지 않도록 말이야."

"그게 구명단이 창설된 이유……."

구명단.

아무도 죽이지 않기 위한 조직.

그렇기에 이 사람은 누구보다도 빠르게 전장을 달리며 많은 사람을 구하려고 한 것이다.

"그리고 너도 이유야."

"……저요?"

"나와 똑같은 치유마법사를 키우는 것도 구명단 설립의 목적이었어. 죽지 않는 부하— 내게 무슨 일이 생겼을 때, 나 대신 역할을 다할 수 있는 그런 존재가 필요했어."

"……."

나는 아직 미숙하다.

배울 것도 많고, 단련해야 할 곳을 꼽자면 양손이 부족할 지경이다.

겨우 한 사람 몫을 하게 됐지만 이제 막 출발 지점에 섰을 뿐이다.

내 목표까지는 아직 너무 멀고, 방금 이야기를 들으면서 그 목표는 더 멀어지고 말았다.

"단장님의 예전 부하들, 네로 아젠스, 그리고 구명단. 오늘 단장님에게 이야기를 듣길 정말 잘했다고 생각해요."

그래도 나는 자랑스러운 기분이 들었다.

내가 가르침을 받고 스승으로서 존경하는, 구명단의 로즈는, 그런 그녀를 따랐던 부하들은, 의심할 여지도 없이 대단했음을 알게 됐으니까.

"그러니까, 그게, 어어…… 앞으로도 잘 부탁드립니다!"

괜찮은 말이 떠오르지 않아서 벌떡 일어나 그대로 머리를 깊이 숙였다.

이럴 때 어휘력이 부족한 자신이 싫어진다.

얼굴을 붉힌 나를 보고 눈을 동그랗게 뜬 로즈는 어이없어하며 웃었다.

"그건 내가 할 말이야. 부단장으로서 앞으로도 잘 부탁한다. 우사토."

"웃, 네!"

큰 싸움을 앞두고 이 이야기를 알게 돼서 다행이다.

뭐랄까, 로즈의 이야기를 듣고 나니, 다가올 마왕군과의 싸움에서도 반드시 살아 돌아와 주겠다는 생각이 들었다.

아니, 원래부터 살아 돌아올 생각이었지만, 그 마음이 더 강해졌다.

"생각보다 이야기가 길어져 버렸군. 내일도 일찍 일어나야 하니 방으로 돌아가도 돼."

이야기가 길었다고 느끼지는 않았다. 집중해서 들었기 때문인지 순식간이었다.

로즈가 말한 대로 단장실을 뒤로하려는데 로즈가 나를 불러 세웠다.

"잠깐. 너한테 하나 맡기고 싶은 일이 있었어."

"네? 어떤 일인가요?"

"페름에 관한 거야."

"……."

예전에 『흑기사』로서 우리 앞을 막아섰던 마족 소녀.

그랬던 그녀도 지금은 구명단의 일원이지만, 그 아이의 입장은 여전히 불안정했다.

그렇기에 로즈의 입에서 페름의 이름이 나왔을 때, 무슨 일을 맡기려고 하는지 알아차리고 말았다.

🌸제3화 페름의 결단!!

로즈가 자신의 과거를 이야기해 줬다.

그녀가 얼마나 괴로운 과거를 보냈는지 전부 이해하기는 어렵지만, 알고 나니 여러 생각이 들었다.

"좋아, 훈련할까."

뭐, 그건 그거고 이건 이거라서 이튿날부터 평범하게 훈련을 개시했다.

새벽부터 구명단의 훈련장을 뺑뺑 달린 후, 하품하며 숙소에서 나온 네아와 페름을 불러 세워 예전에 나크에게 했던 회피력 단련 훈련을 제안했다.

"네아! 페름! 나는 단장님처럼 마력탄을 빨리 던지진 못해! 속도는 부족하겠지만 변화구로 참아 줘!"

""웃기지 마아아아!""

"대화는 필요 없다! 치유마법 난탄!"

""으아아아아?!""

건틀릿을 전개하고 오른손에 만들어 낸 여러 마력탄을 네아와 페름 쪽으로 마구 던졌다.

산탄처럼 날아간 마력탄을 옆으로 몸을 날려 피한 페름과 네아를 보자 자연스럽게 웃음이 나왔다.

"저 녀석, 주저 없이 광범위 공격을 해 왔어! 아슬아슬하게 피했으니 망정이지……."

"지금의 나라면 네가 던지는 마력탄 따위는 간단히 피할 수 있지! 메롱이다~!"

"음?!"

의기양양하게 일어선 페름이 혀를 내밀어 나를 도발했다.

"왜 너는 생각 없이 도발하는 거야!"

"하! 딱히 상관없잖아! 지금의 우리라면 저 녀석의 마력탄 정도는 아무것도 아니야!"

아직 여유로워 보이네.

그것도 당연한가. 로즈의 마력탄에 익숙해졌으니 내 마력탄은 거북이처럼 느리게 느껴질 터다.

페름은 그렇다 쳐도 네아가 확실하게 대응해 줘서 기뻤다.

"정말로 열심히 했구나."

하지만 내 역량 부족으로 두 사람이 훈련을 못 하는 상황을 만들 수는 없다.

나도 진심으로 훈련에 임해야겠다.

"페름! 너는 아직 저 훈련바보를 몰라! 전혀 몰라!"

"하하하, 역시 대단하네! 둘 다 성장했구나!! 그렇다면 나도 힘을 아끼지 않겠어!"

"거봐! 저렇게 된다고!"

나는 오른손에 마력탄을 만들어 냈다.

최근에는 치유 펀치의 발전형만 고안했지만, 다음에는 치유마법탄의 강화판을 실천하고 싶다고 생각하던 차였다.

"먼저 페름, 간다!"

"왜 나야?! 아, 아니지, 와라! 네 마력탄 따위 간단히 피해 주겠어!"

손바닥에 만든 마력탄을 쥐고 가볍게 치켜들었다.

손등에서 치유 가속권을 방출시킨 속사형 치유마법탄.

순간적인 가속을 이용해 스냅을 줌으로써 속도를 비약적으로 올린다!

이름하여—!

"치유 가속탄!"

"어? 빠르, 에흑?!"

고속으로 날아간 마력탄이 허둥거리는 페름에게 직격했다.

착탄을 확인한 나는 즉각 목표를 네아로 바꿨다.

옆에서 비틀거리는 페름을 보고 얼굴이 창백해진 네아는 무슨 생각을 했는지 페름 뒤에 숨어 그녀를 방패로 삼았다.

"야, 너! 뭐 하는 거야!"

"가끔은 쓸모 있게 내 방패가 되렴! 큭, 왜 이 근육뇌 치유마법사는 이상한 기술만 다채로운 거야?!"

"구명단원이 아군을 방패로 삼다니 뭐 하는 짓이야!"

사역마라고는 하지만 네아도 구명단의 일원이다.

그런데 훈련이라고는 해도 아군을 방패로 삼다니 구명단원으로서 해서는 안 될 일이다.

이번에는 네아의 머리 위쪽으로 일부러 빗나가게 마력탄을 던졌다.

"후, 후후! 어디다 던지—"

"방심하지 마! 치유 원격탄!"

"어?"

오른팔을 아래로 크게 휘둘러서 건틀릿의 마력 보조 기능을 이용해 마력탄을 꺾었다.

갑자기 급강하한 마력탄이 의기양양한 표정을 지은 네아의 머리에 직격했다.

"므호우?!"

기묘한 비명을 지른 네아가 머리를 부여잡고 얼굴을 찌푸렸지만 이내 이상하다는 표정으로 고개를 들었다.

"으으윽…… 어라? 생각보다 충격이 없어?"

"그러고 보니 나도 전혀 안 아파……."

먼저 맞은 페름도 놀란 표정으로 나를 보았다.

이상하게 여기는 네아와 페름을 보며 나는 씩 웃었다.

"당연하지. 이건 내 치유마법 조절 연습을 겸한 훈련이니까. 연습의 일환으로 마법에 담는 마력량을 압축하는 감각을 단련하자고 생각했어."

이 훈련은 페름과 네아만의 훈련이 아니라 나를 위한 훈련이기도 했다.

계통 강화를 파열시키는 데 드는 마력 소비량을 억제하려면 마력량 조작에 익숙해져야 한다. 마력량 자체를 조절하는 것이니 카즈키의 탁월한 마력 조작과는 조금 다르려나?

"맞아도 날아가지 않으니까 편한가……?"

"그 괴물녀보다 낫나……?"

무슨 생각을 했는지 모르겠지만 두 사람의 표정이 밝아졌다.

작게 뭐라고 중얼거린 것 같은데 이 거리에서는 들리지 않았다.
혹시…… 나랑 똑같은 생각을 한 걸까?

"두 사람이 무슨 생각 하는지 알아. 맞아. 충격도 정신적 대미지
도 적은 건 좋은 일이야."

"그, 그렇지! 설마 너도 알고서 이 훈련을?"

"응, 네아도 그렇게 생각하지? 이 방식이라면—."

충격도 정신적 대미지도 적다. 게다가 내 마력도 절약할 수 있다.

양손에 마력탄을 생성한 나는 두 사람을 향해 생기 넘치게 웃었다.

"잔뜩 훈련할 수 있어!"

""…….""

조금 떨어져 있어서 잘 보이지 않았지만, 한순간 페름과 네아의
눈에서 빛이 사라진 것 같았다.

***

저녁까지 계속 훈련한 나는 자신의 마력량을 체감으로 확인하
며, 무릎 꿇고서 숨을 몰아쉬고 있는 네아와 페름에게 말했다.

"괜찮아?"

"네 마력탄, 로즈 것보다 피하기 어려워! 똑같은 방식으로 던지는데 세 종류로 변화하다니, 단단히 미쳤어!"

"너! 정말로 치유마법사야?!"

모두에게 악평이었다.

뭐, 나는 로즈와 달리 마력탄에 어느 정도 응용을 가하고 있으니까.

여러 마력탄을 날리는 치유마법 난탄.

급가속하는 치유 가속탄.

건틀릿의 성능으로 실현한, 딱 한 번 탄도를 바꿀 수 있는 치유 원격탄.

이것들이 무작위로 날아오니 피하지 못하는 것도 이해가 간다.

"하지만 몇 번 제대로 피했잖아."

"피한 것보다 더 많이 처맞았어!"

어이없어하며 주저앉은 페름을 보고 네아도 땅에 앉았다.

……그럼 슬슬 본론으로 들어갈까.

"페름. 오늘 내가 네 훈련을 담당한 데에는 이유가 있어."

"뭐?"

"단장님이 너를 나한테 맡겼어."

페름이 의아한 표정을 지었다.

한편 네아는 부루퉁하게 나를 노려보았다.

"그럼 왜 나는 이 녀석이랑 같이 훈련한 거야? 이 녀석한테 할 얘기가 있는 거면 나는 없어도 됐잖아?"

"……어? 회피 훈련은 너한테도 도움이 되는데 뺄 이유가 없잖아."

"우와, 휘말린 게 아니라 순수한 친절이라니……."

설령 네아가 원하지 않더라도, 거듭된 훈련은 언젠가 그녀를 위기에서 구할 테니 해야 한다.

"나를 너한테 맡겼다니, 뭘 맡겼다는 거야?"

"마왕군과 싸움이 시작되면 어떻게 할지."

"……."

언젠가 이런 말을 들을 줄 알았는지 페름은 별로 놀라지 않고 입을 다물었다.

"페름. 확실히 말해서 네 입장은 아주 위태로워."

흑기사.

이 아이가 마왕군으로 싸웠을 때의 모습이자 이름.

그리고 카즈키와 선배를 죽이려 한 적이기도 했다.

"너는 원래 마왕군에 소속된 우리의 적이었어. 전장에서는 적으로서 많은 기사를 상처 입혔고…… 죽여 버린 사람도 있을지 몰라."

사실 그건 모르겠다.

어쩌면 험상궂은 면상들이 기적적으로 모두 구했을지도 모르고 아닐지도 모른다.

로즈한테 들었는데, 기사 중에는 이 아이에게 원한을 가진 사람이나 무서워하는 사람도 있다고 했다.

마족이기 때문인지, 다른 이유 때문인지는 가르쳐 주지 않았지만, 그들은 그런 감정을 억눌러 주고 있었다.

나는 다시금 그 사실을 페름에게 알렸다.

"그 사실은 없었던 일로 만들 수 없어. 너도 알지?"

"그런 건…… 내가 제일 잘 알아."

그 표정에서는 후회의 색이 보였다.

"……마왕군과의 싸움이 임박했어. 너는 어떻게 하고 싶어?"

"어떻게 하고 싶냐니…… 나한테 어떤 선택지가 있는데?"

"네가 고를 수 있는 선택지는 두 개 있어. 하나는 이 왕국에 남는 것. 하지만 그러면 너는 일시적으로 지하 감옥에 들어가게 돼."

"잠깐만 우사토. 지하 감옥이라니! 굳이 그렇게까지 안 해도……."

지하 감옥이라는 말을 듣고 네아가 언성을 높였지만 페름은 별로 동요하지 않고 납득한 것 같았다.

"뭐, 로즈가 없는 왕국에 나를 풀어 둘 수는 없겠지. 당연한 대응이야. 다른 하나는?"

"다른 하나는 구명단원으로서 우리와 함께 전장에 가는 것. 이번 싸움은 규모가 클 테니 한 명이라도 더 일손이 필요해."

여기까지는 부단장으로서 한 말이다.

하지만 본심은 달랐다.

솔직히 나는 페름이 이 선택지를 고르지 않으면 좋겠다. 동족인 마족을 상대해야 한다는 점도 그렇고, 무엇보다 페름 자신이 위험한 상황에 놓이게 되기 때문이다.

페름이 구명단에 들어오게 된 본래 이유는 이 아이의 성격을 교정하기 위해.

로즈가 말하길, 구명단원으로 삼은 것은 그걸 위한 구실이라고 했다.

"너는……."

"응?"

"우사토 너는…… 내가 어떻게 했으면 좋겠어……?"

페름은 내게 판단을 맡겼다.

그 말을 듣고 팔짱을 낀 나는 불안한 표정인 페름을 내려다보았다.

"네가 골라야 해."

그렇게 내가 의연히 말하자 페름은 놀란 표정을 지었다.

"아니, 그런……."

"이건 네가 골라야만 해. 선택지는 줬지만 따르지 않아도 돼. 지하 감옥에 들어가기 싫다면 내가 단장님과 말해 볼게."

"그딴 건 어찌 되든 좋아! 왜 새삼 나보고 고르라고 하는 거야……! 나는 너 때문에 여기 있는데……!"

"확실히 그렇지."

원인을 따지자면 흑기사로서 마주했던 그녀를 내가 붙잡아 감옥에 가둔 것을 로즈가 이곳으로 데려온 것이었다.

"그렇다면 네가 명령해! 그러면 나는 따를 텐데……."

페름의 호소에 나는 고개를 가로저었다.

구명단의 사명은 강요받아서 완수하는 것이 아니다.

나를 포함한 모두가 자신의 의지로 이곳에 있었다.

그래서 나는 페름에게 구명단원으로서 움직이라고 강요할 수 없었다.

"네가 정해. 어쩌고 싶은지, 뭘 하고 싶은지. 시간이 필요하다면 최대한 기다릴게."

로즈도 페름이 다시 마왕군으로 돌아가지는 않으리라고 생각했다.

나도 이 아이가 배신할 거라고는 조금도 생각하지 않았다.

***

철이 들었을 때부터 나는 어둠마법을 쓰고 있었다.

처음에는 온갖 것으로부터 나를 지키는 검은 옷이었던 것 같다.

상처를 상대방에게 돌려주는 힘 같은 건 없었을 터다.

그래도 부모를 포함한 주변 사람들은 나를 무서워했다.

기피해야 할 어둠 계통 마법에 눈떴다고.

재앙을 부르는 아이라고.

어릴 때부터 줄곧 그런 몰인정한 말을 들었다.

자신의 마법을 지워 버리고 싶다고 수없이 바랐다.

하지만 내 몸에 위험이 닥치면 멋대로 마법이 발동해서 그것이 내 몸에 휘감겼다.

그 모습을 본 주변 사람들은 나를 피하고 멀리했다.

내가 부모였던 자들 곁을 떠난 것도 당연한 일일지 모른다.

어차피 미움 받는다면, 나를 두려워한다면— 다른 사람에게 이해받고 싶지도 않고, 다른 사람을 이해하고 싶지도 않다고 생각하게 되었다.

나를 상처 입히겠다면 반대로 내가 상처 입히겠다.

내가 느낀 아픔을 똑같이 맛보게 하겠다.

공식적으로 타인을 상처 입힐 수 있는 마왕군에 소속됐을 때, 내 마법에는 『반전』이라는 특성이 생겨나 있었다.

마법으로 만든 갑옷에 받은 상처를 상대에게 「돌려주는」 능력. 상대가 생물이라면 무적이라고도 할 수 있는 힘이지만, 나와 같은 어둠마법을 가진 제2군단장 코가에게는 효과가 별로 없었다.

그 개차반은 처음 만나는 타입의 마족이었는데 나와는 근본적으로 생각이 다름을 대충 이해할 수 있었다.

『페름, 나와 너는 추구하는 게 반대야. 나는 호적수를 원하지만 너는 이해해 줄 사람을 원하고 있어.』

그런 말을 했었는데, 그때의 나는 감정적으로 부정했다.

자신은 살아 있다는 실감을 느끼고 싶어서 싸운다고 생각했었기 때문이다.

내가 반론하자 코가는 「그럴 줄 알았어! 부정하겠지! 그렇지!」 하고 말하며 되게 짜증 나게 웃었지만, 지금은 그 녀석이 했던 말을 이해할 수 있을 것 같다.

……지금 눈앞에서 진지한 표정으로 나를 보고 있는 남자, 우사토.

얼마 전에 구명단의 부단장이 된 녀석이 내게 선택지를 내밀고 있었다.

"……페름, 어떻게 할래?"

내가 침묵하자 불안한 목소리로 말을 걸어오는 우사토를 보고 감정이 흔들렸다.

이 녀석은…… 아니, 이 장소는 내게 너무 상냥했다.

훈련은 지옥 같다고 단언할 수 있다. 그건 절대 바뀌지 않는 사실이다. 끝없이 달리거나, 걷어차이거나, 마음이 꺾일 듯한 욕을 얻어먹기도 했다.

그래도 이곳은 내게 상냥했다.

『엉? 마족이라는 이유로 쫄아드는 겁쟁이가 구명단에 있을 것 같아?』

구명단에 처음 들어왔을 때, 로즈가 했던 말이 이거였다.

어둠마법을 쓰는 나를 전혀 무서워하지 않고, 오히려 적이었을 터인 마족도 평범하게 대하는 이상한 녀석들. 그게 구명단이라는 조직이었다.

그런 환경 속에서 함께 훈련받고 함께 밥을 먹으며 생활했다.

그건 지금까지 혼자 살았던 시간과는 다른, 내가 몰랐던 「다른 누군가와 시간을 공유하는」 생활이었다.

눈치챘을 때는 이미 늦어서 나는 이 구명단에서 보내는 생활을 진심으로 좋아하게 된 상태였다.

"……여기 있는 녀석들은 다들 이상해."

마족인 나를 싫어했다면 이런 기분이 들지는 않았을 텐데.

흑기사로서 저지른 죄를 더 비난해 줬다면 좋았을 텐데.

나를 미워해 줬다면 이렇게 무겁고 괴로운 기분을 느끼지 않았을 텐데.

그런데도 나는 이렇게나 「이곳에 있고 싶다」고 생각하게 되었다.

흑기사로서의 내가 사라지고 어느새 구명단원으로서의 내가 이곳에 있게 되었다.

그것이 내게 찾아온 변화겠지.

나는 북받치는 감정을 억누르고서 중얼거렸다.

"나는 네가 싫어······."

"어? 아, 으, 응······."

우사토는 평범하게 상처받은 표정을 지었다.

"멋대로 남의 마음에 성큼성큼 들어와서 휘젓고······ 그런 부분이 진짜 싫어!"

"······어? 페름. 너 우는—."

"시끄러워! 우는 거 아니야!"

옆에 있던 네아에게 그렇게 외치고 눈가를 닦았다.

우사토는 나를 보고 놀란 표정을 지었지만 아무 말 없이 나와 시선을 맞췄다.

"나는 줄곧 혼자였어. 누군가와 함께 있는 건 하찮다고 여겼어."

"응."

"이곳에 들어오고 나서 힘든 일을 많이 겪었어."

"응."

"마물 같은 녀석도 있었고, 인간처럼 생겼지만 괴물인 녀석도 있었어."

"······으, 응."

"약하게 생겼는데 알맹이는 이상한 네가 어떤 의미에서 로즈보다 괴물 같았어."

"……"

"지, 진정해, 우사토. 응? 자, 심호흡, 심호흡!"

웃는 얼굴로 굳은 우사토를 네아가 달랬다.

평소 같은 우사토로 돌아온 것에 살짝 안심하며 말을 이었다.

"하지만 언제부터인가 나는 이곳에 있고 싶다고 생각하게 됐어. 이곳은 어둠마법과 관계없이 나를 인정해 준 곳이니까……."

줄곧 남들에게 두려움만 주던 인생이었다.

그것을 받아들이고 살아왔지만, 이곳을 알아 버렸고…… 줄곧 타인을 거절했던 나는 죽어 버렸다.

"이제 이곳이 내가 돌아올 장소야. 그러니까…… 나는 구명단의 일원으로서 싸우겠어."

이제 되돌릴 수 없다.

이로써 나는 완전히 마왕군의 적이 됐다.

그런 내 말을 듣고 우사토는 힘 있게 고개를 끄덕였다.

"그럼 함께 싸우자. 목숨을 빼앗기 위해서가 아니라 목숨을 구하기 위해."

"……그래."

우사토의 말에 고개를 끄덕이자 우사토가 내 쪽으로 손을 내밀었다.

"그럼 이건 이제 필요 없겠네."

대체 뭘 하려는 건가 싶어서 몸을 긴장시킨 순간, 목 근처에서 뭔가가 뚝 끊어지는 소리가 들렸다.

"허?!"

지금까지 내 목에 감겨 있었던 마력 봉인 마도구가 우사토의 손에 있었다.

"단장님한테 허가는 받았어. 아, 하지만 마법은 너무 남용하지 마. 최악의 경우에는 다시 마력을 봉인해야 하니까."

"무, 무슨⋯⋯!"

우사토는 별일 아니라는 듯 태평하게 하하하 웃었다.

이 녀석, 설마 마도구인 벨트를 맨손으로 끊은 건가?

"아, 걱정하지 않아도 돼. 예비가 있고, 수리하면 다시 쓸 수 있어."

정작 본인은 당연하다는 듯 주머니에 마도구를 넣었다.

이 녀석이 맨손으로도 끊을 수 있는 것을 지금껏 어쩌지도 못했던 나는⋯⋯ 아니, 생각하지 말자.

아무튼 오랜만에 시운전 겸 마력을 다듬어 봤다.

마력이 발밑에서부터 몸에 휘감기며 옷 형태로 변화했다.

"⋯⋯으으, 역시 이 옷이야."

그렇게 형태를 이룬 옷은 우사토가 입고 있는 하얀 단복을 검게 바꾼 것이었다.

예전에 우사토에게 불려 갔을 때 만들어지고 나서 달라지지 않은 그 형태를 보고, 불만 어린 목소리가 나왔다.

"어둠마법은 사용자의 정신 상태에 따라 변화해. 그게 우사토의 단복 형태가 됐다는 건…… 응, 그런 거지. 너는 이곳이 상당히 마음에 들었구나."

"시끄러워! 그렇게 확실히 말하지 마!"

놀리듯이 말하는 네아에게 외쳤다.

내 마법이 변화했다는 것은 나도 안다.

그런 마법이라는 건 알고 있고, 무엇보다 자신이 바뀌었다는 자각도 있었다.

"이봐, 우사토. 내 마법이 바뀌지 않았는지 조사하자."

"조사하자니, 어떻게?"

"이 옷에 공격해 봐. 반전할 수 있는지 시험해 보겠어."

왼팔을 내밀고 손끝까지 마법으로 덮었다.

흑기사였을 적에 사용했던, 받은 상처를 상대에게 돌려주는 『반전』 능력.

그 능력이 지금 내게 남아 있는지 확인해야 했다.

"어어, 하지만 나한테 통증이 돌아오잖아……."

"이제 와서 멀쩡한 인간 같은 소리 말고 해 줘. 나도 어둠마법의 힘을 보고 싶어."

"너, 너무해……."

네아의 말에 어깨를 떨군 우사토가 딱밤을 때리려는지 내게 손가락을 가져다 댔다.

우사토도 자신에게 통증이 돌아올 것을 알아서 별로 힘을 주지 않은 것 같았다.

"그럼 한다."

일단 마법으로 받아 내고 반전시키면 된다.

우사토가 날린 딱밤이 왼팔에 닿았다.

예전과 마찬가지로 아픔은 느껴지지 않았다. 여기까지는 똑같았기에 반전시키려고 했지만…….

"……역시 안 돼."

"나도 안 아파."

그럴지도 모른다고 생각은 했지만, 『반전』 능력은 사라져 버린 건가.

어떤 의미에서 당연하다고도 할 수 있었다.

이제 타인을 상처 입힐 필요가 없어졌으니 그걸 위한 능력도 필요 없어졌다.

그렇게 스스로 납득하는데, 왼팔을 덮은 마력이 내 의지와는 상관없이 움직여 우사토의 왼손에 흡착했다.

"""어?"""

우사토에게 들러붙는 마력의 움직임에 이 자리에 있는 모두가 어안이 벙벙해진 소리를 냈다.

"으으오?!"

"들러붙었어?!"

"어, 어째서?!"

마력이 멋대로 우사토에게 끌려갔어?!

우사토는 내 마법이 휘감긴 자신의 왼손을 보고 혼란에 빠졌다.

"이, 이거 뭐야?! 기분 나빠!"

"더, 더러운 게 묻은 것처럼 말하지 마!"

"하지만 찰싹 붙어 있고, 뭔가 꿈틀꿈틀 움직이는데, 이거 괜찮은 거야?!"

당황한 우사토가 내게 손을 보여 줬다.

검은색 마력이 장갑처럼 그의 왼쪽 손목 아랫부분에 붙어 있었다.

바로 돌아오도록 염원해 봤지만 오랜만에 마법을 다루는지라 잘 조종할 수 없었다.

"보아하니 마법 자체에 급격한 변화가 일어나서 페름 본인도 완벽하게 다루지 못하는 것 같네."

"그럼 안쪽에서 충격을 줘서 튕겨 낼 수밖에 없나. 다소 아프겠지만 이 상태로 내버려 두는 것보다는 나아."

우사토가 뭘 하려는 건지 모르겠지만, 어쨌든 한시라도 빨리 자신의 마법을 지배하에 두기 위해 강하게 염원했다.

이런 일은 처음이 아니었다.

일단은 확실하게 자신의 마력을 인식해 나가면 된다.

나는 마력을 다시 내 것으로 삼고 곧장 우사토의 손에 붙은 마력을 되돌리려고 했다.

"치유마법 파열장!"

"으악?!"

그 순간, 우사토 쪽에서 바람이 불어서 균형이 무너질 뻔했다.

무슨 짓을 한 건가 싶어서 보니 우사토가 치유마법 특유의 초록색 마력을 왼손에서 방출하고 있었다.

여전히 내 마력은 왼손에 휘감겨 있었지만, 이내 우사토의 손에서 떨어져 내게 돌아왔다.

"떼, 뗐다……. 다행이야."

"……결국 뭐였던 걸까?"

"응? 마력을 폭발시켰는데 손이 베이지 않았어. 왜지?"

멀쩡한 왼손을 보고 우사토와 네아가 이상하다는 표정을 지었다.

자신의 마법이 더더욱 아리송해져서 한숨밖에 안 나왔다.

뭐, 결과적으로 우사토의 손에 휘감겼던 마력도 돌아왔고, 지금은 이걸로 만족하자.

그렇게 생각하고 있는데 입가에 손을 댄 네아가 내게 몸을 돌렸다.

"하지만 우사토에게 들러붙다니 이상한 얘기야. 어쩌면 그런 능력이 되어 버렸을지도 몰라."

"기, 기분 나쁜 소리 하지 마!"

네아의 말에 소름이 돋았다.

방금 벌어진 일을 생각하면 말도 안 되는 이야기도 아니기 때문이다.

하지만 정말로 그렇게 된 거라면―.

"하하하. 맞아, 네아. 그런 능력이면 나도 곤란해."

"……!"

웃으며 그런 말을 한 우사토의 정강이를 발끝으로 걷어찼다.

걷어차인 본인은 역시나 태연한 얼굴로 뺨을 긁적였다.

"저기, 방금 왜 걷어찬 거야?"

"시끄러워! 스스로 생각해!"

어차피 효과가 없다는 건 알고 있었지만 그래도 해야 한다고 생각했다.

🌸제4화 파란의 조짐! 예지된 전장!!

그건 몇 번이나 체험한 감각이었다.

마치 물속에 있는 듯한 부유감, 그것과 반비례하여 또렷한 사고와 시야.

그 감각이 자신의 예지마법 때문임을 이해한 나는 내가 앞으로 볼 미래의 풍경을 확실히 눈에 새기기 위해 눈앞의 광경을 주시했다.

『이건…….』

먼저 눈앞에 보인 것은 용과 비슷한 마물을 타고서 땅을 달리고 하늘을 나는 마족 병사들이었다.

그 밖에도 흉포해 보이는 늑대 마물 등등이 있었다. 이전에 본 예지와는 비교가 안 되는 전력이 기사들에게 달려들려고 했다.

그 뒤에는 사룡과 비슷한 크기의 뱀이 있었고, 그 주위에도 한층 작은 개체가 몇 마리 있었다.

『지난번 싸움과는 규모고 뭐고 전부 달라…….』

꿈에서 깨면 이 예지 내용을 한시라도 빨리 전해야겠다.

그렇게 생각하고 있는데 마치 그림처럼 광경이 바뀌었다.

짐승 같은 옷을 휘감은 마왕군 제2군단장 코가, 그와 마주한 우사토와 카즈키.

번개를 두른 스즈네와 화염을 두른 마족 여성.

전장 한복판에서 주위에 피해를 주며 솟구치는 거대한 토네이도.

마치 그림책처럼 미래의 광경이 바뀌어 갔다.

『……。』

방금 본 장면이 인간과 마족의 미래를 좌우할 중요한 장면이리라.

지난 전쟁에서 흑기사가 카즈키와 스즈네를 죽여 버리는 미래를 봤을 때와 똑같은 예지…….

거기까지 생각했을 때, 다음 장면으로 바뀌었다.

나도 모르게 몸을 긴장시키고 말았지만, 나타난 광경을 보고 어안이 벙벙해졌다.

『……뭐 하는 거야, 우사토.』

귀신 같은 형상으로 하늘을 나는 비룡에게 발차기를 때려 박는 우사토를 보고서 조금 전까지 느꼈던 초조함을 잊고 정색했다.

상황을 전혀 이해할 수 없었다.

멀리 있어서 잘 모르겠지만 우사토의 단복이 미묘하게 달라진 것 같기도 하고, 어떻게 공중에 있는지도 이해할 수 없었다.

『깊이 생각하지 말자. 우사토니까.』

경험상 이 장면에 이르게 된 우사토의 행동은 절대로 평범하지 않을 테니 이 이상 생각해도 의문은 풀리지 않는다.

『윽……。』

예지의 끝을 의미하는, 뭔가로 되돌아가는 감각.

아무래도 내가 볼 수 있는 예지는 여기까지인 모양이다.

예지의 광경이 멀어지고 그와 동시에 눈앞이 어두워지는 감각에 몸을 맡겼다.

"……아침인가."

이어서 눈을 뜨자 익숙한 내 방의 침대 위였다.

눈가를 비비며 나른한 몸을 일으킨 나는 조금 전에 본 예지를 생각하고서 머리를 싸맸다.

"왜 우사토는 예지를 볼 때마다 이상한 상황 속에 있는 걸까……."

누구도 대답할 수 없다는 건 안다.

알지만, 그렇게 중얼거리지 않을 수 없었다.

***

페름이 진정한 의미에서 구명단의 일원이 되고 며칠이 지났다.

나는 성을 통해 미아라크에 서면을 보내고, 각 왕국에서 파견되는 인원에 관한 자료를 확인하며 부단장으로서 일했다.

하지만 마왕군과의 싸움에 관한 예지를 본 아마코가 나를 찾아오면서 상황은 크게 바뀌었다.

아마코의 예지가 얼마나 중요한지를 잘 아는 로이드 님은 곧장 우리와 기사단을 소집하여 그녀가 본 예지에 관해 회의를 열었다.

아마코의 예지를 간단히 정리하면…….

·마왕군이 마물을 전력으로 사용한다.

·카즈키와 내가 제2군단장 코가를 상대한다.

·선배는 화염을 다루는 마족 여성— 아마 아르크 씨가 히노모토에서 싸웠던 아미라를 상대한다.

·전장 한복판에 주위를 유린하듯 존재하는 토네이도가 있다.

·어째선지 비룡과 공중전을 벌이고 있는 나.

예지가 나로 마무리되는 건 넘어가기로 하고, 이것들은 싸우는 데 중요한 정보다.

지금은 전쟁터가 될 평원 지대에 거점을 순차적으로 설치 중인 중요한 단계였다. 그 타이밍에 상대가 어떻게 나올지 알았으니 우리가 싸움의 우위를 점할 수 있을지도 모른다.

***

"카즈키 군과 우사토 군은 제2군단장과, 나는 화염을 다루는 마족과 싸우는 거구나."

"너무 깊게 생각하지 않는 편이 좋아, 스즈네. 억지로 상황을 바꾸려고 하면 미래가 비틀릴 가능성도 없지 않으니까."

"응, 알고 있어. 하지만 내가 싸울 상대라고 하니 신경이 쓰이네."

회의가 끝난 후, 나와 아마코는 선배와 함께 성의 복도를 걷고 있었다.

향하는 곳은 아르크 씨가 있는 성문이었다.

선배가 아미라와의 전투에 관해 아르크 씨에게 자세히 묻고 싶다고 해서 나와 아마코도 따라가기로 한 것이다.

"그 마족에 관해서라면 아르크 씨가 보고서를 제출했다고 했는데요."

"그건 이미 훑어봤어. 하지만 본인 입으로 직접 듣고 싶어서."

확실히 문자보다 아르크 씨 본인에게 이야기를 듣는 편이 당시 상황 등을 상상하기도 쉽다.

선배의 말에 납득하며 한 가지 신경 쓰이는 점을 물어보기로 했다.

"카즈키와 선배는 곧 있으면 거점으로 가는 건가요?"

"응. 마왕군도 움직이기 시작했으니까. 우리 용사도 거점에서 요격을 준비해야 해."

이미 마왕군은 움직이기 시작했다.

그에 맞춰 니르바르나 왕국, 사마리알 왕국, 캄헤리오 왕국의 전력을 거점에 소집했으니 며칠 있으면 4왕국 연합군이 결성된다.

우리 구명단은 선배와 카즈키보다 조금 늦게 거점으로 향한다.

"……."

싸움을 앞뒀다는 실감은 한참 전부터 있었다.

하지만 이전 싸움보다 준비할 여유가 있는 만큼 조금 이상한 느낌도 들었다.

내가 해야 할 일이 더 있지는 않은지, 뭔가 중요한 것을 놓치지는 않았는지, 그런 생각만 자꾸 들었다.

"우사토 군?"

"예? 아, 아아, 죄송해요. 잠깐 생각 좀 하느라."

선배가 내 얼굴을 들여다봐서 퍼뜩 놀라 대답했다.

그 반응을 보고 무슨 생각을 했는지 선배는 쑥스러워하는 기색을 보였다.

"혹시 걱정해 주는 거야?"

"그렇죠. 카즈키가 걱정돼요."

"나는?!"

"네네, 선배도 걱정하고 있어요."

"뭔가 대충이야!"

평소처럼 대답하고 말았지만, 물론 몹시 걱정하고 있었다.

그러나 선배는 내 대응을 납득할 수 없었는지 자신을 가리키며 내게 호소했다.

"우사토 군! 나를 혼자 두면 안 된다고 생각해! 나는 우사토 군이 없으면 무슨 짓을 할지 몰라. 그래도 괜찮다면 각오해 두는 게 좋을 거야!"

"왜 제가 협박을 받아야 하는 걸까요?"

내가 없으면 정말로 무슨 짓을 저지를지 몰라서 은근히 무섭다.

"굉장해. 자신을 빌미로 협박하는 사람, 처음 봤어."

그리고 아마코, 감탄하지 마. 감탄할 요소는 전혀 없으니까.

"카즈키 군에게는 세리아와 프라나가 있어! 하지만 나한테는⋯⋯ 어라⋯⋯? 나한⋯⋯테는⋯⋯ 아무도 없어⋯⋯?"

무표정으로 눈물을 흘리는 선배를 허둥지둥 달랬다.

"죄송해요! 제가 있잖아요! 울지 마세요!"

소매로 눈가를 닦은 선배는 약간 뺨을 붉히며 시선을 피했다.

"내가 이런 말 하기도 뭐하지만…… 너도 그다지 남 말 할 처지는 아닌 것 같아."

"어? 그런가요? 확실히 최근에는 고민거리밖에 없긴 하지만."

선배의 말에 팔짱을 끼고 내가 지금 고민 중인 일을 생각했다.

부단장으로서의 역할이라든가, 마왕군과의 싸움에 대비해 내가 키워야 할 장점이라든가, 이것저것 있지.

"우사토의 고민은 훈련과 관계된 일이잖아. 최근 그 생각만 하고 있지?"

"아마코, 어떻게 알았어?"

"그야 우사토인걸."

왜 그런 당연한 질문을 하냐는 듯 순수한 눈으로 고개를 갸웃해서 말문이 막혔다.

훗, 역시 함께 여행한 동료다. 내 고민 따위 꿰뚫어 보는 건가.

어느새 성문 근처까지 왔는지 수위 아르크 씨의 모습이 보였다. 마음을 다잡고 그의 이름을 부르며 손을 흔들었다.

"아르크 씨~."

"음? 우사토 님. 그리고 스즈네 님과 아마코 님도……. 제게 무슨 볼일이라도 있으십니까?"

"네. 실은……."

사정을 들은 아르크 씨는 흔쾌히 승낙해 줬다.

"흐음…… 제가 싸워 보고 느낀 것이라면, 싸움에 아주 「능수능란」하다는 인상을 받았습니다."

당시의 싸움을 떠올리고 있는지 아르크 씨는 턱을 짚고 이야기했다.

선배는 진지한 모습으로 그의 이야기에 귀를 기울였다.

"저보다 위력이 센 화염마법과 검술. 거기다 그것을 자유자재로 다루는 전투 기술까지. 만약 그녀가 진심으로 저를 죽이려 했다면 저는 이곳에 없었을 겁니다."

강력한 화염을 다루는 아르크 씨가 이렇게까지 말하는 걸 보면 상당한 실력자인 거겠지.

"보고서에는 화염을 갑옷처럼 둘렀다고 적혀 있던데, 대체 무슨 뜻이야?"

"말 그대로의 의미입니다. 화염 자체를 몸에 휘감아서 온갖 공격을 열풍으로 튕기고, 단순한 이동조차 화염이 보조하고, 검을 이용한 참격은 늘 맹화에 덮여 있는 등 공수 모두 뛰어난 전법을 사용했습니다."

"내 뇌수 모드랑 비슷하네."

"맞습니다. 제가 보기에도 아미라의 기술은 스즈네 님의 기술과 비슷했습니다."

선배가 여행하면서 익힌 기술, 뇌수 모드.

전격을 두름으로써 고속으로 이동할 수 있는 강력한 기술이다.

선배는 고속 이동에 특화된 것 같지만, 아르크 씨가 보기에 아미라와 선배의 기술은 비슷한 모양이다.

"마법을 두른다라……"

아미라가 싸우는 방식은 로즈에게 들은 네로 아젠스의 전법과도 흡사했다.

그게 어설픈 기술이 아니라는 것은 안다. 아미라가 네로와 똑같은 기술을 다루는 것은 우연이 아닐 터다.

"솔직히 말씀드리자면 저는 그녀의 진짜 실력을 이끌어 낼 수 없었습니다. 혼신의 일격도 그녀의 갑옷을 조금 갈랐을 뿐, 몸에는 거의 공격이 닿지 않았습니다. 그런 그녀를 상대할 거면 스즈네 님은 자신의 특색을 살린 전술을 사용하시는 편이 좋을지도 모릅니다."

"내 특색……"

선배의 특색이란 말을 듣고 나도 생각해 봤다.

먼저 떠오른 생각이—

"눈치 없이 구는 거?"

"우사토 군이 나를 어떻게 생각하는지 아주 잘~ 알았어! 이건 그거지? 내가 진심이 돼도 된다는 거지? 그렇지?!"

무엇에 진심이 된다는 것인지 모르겠지만 불길한 예감이 들었다.

선배에게 양쪽 어깨를 잡힌 채 변명했다.

"지, 진정하세요. 상대의 페이스를 무시하고 자신의 페이스로 끌고 갈 수 있는 건 은근히 대단한 일이에요."

"칭찬으로 안 들려!"

뭐라고 말하면 좋을지 고민하고 있으니 나와 선배를 조용히 지켜

보던 아르크 씨가 입을 열었다.

"하하하, 우사토 님의 말씀에도 일리가 있습니다."

"아르크마저?!"

"그것도 포함해서 스즈네 님은 자신이 가진 계통 마법의 강점을 살리는 전법을 모색해야 한다고 생각합니다."

선배의 마법…… 전격마법의 강점을 살리는 전법인가.

선배의 마법은 나처럼 건틀릿과 계통 강화를 이용해 억지로 능력의 폭을 확장하지 않아도, 쓰는 방식에 따라 온갖 상황에 대응할 수 있다.

터무니없는 응용도 선배 자신의 마법 재능과 보기 드문 센스로 가능했다.

가장 적절한 예시가 뇌수 모드이리라.

"앞부분은 석연치 않지만…… 내 전법이라. 생각해도 손해는 없겠어. 고마워, 아르크. 무척 참고가 됐어."

"조금이라도 도움이 되어 다행입니다. 그럼 저는 슬슬 직무로 돌아가겠습니다."

그 자리에서 우리에게 인사한 아르크 씨는 빠른 걸음으로 돌아갔다.

멀어지는 뒷모습을 지켜보고서 선배가 내 쪽으로 고개를 돌렸다.

"사실은 이대로 너희와 놀러 나가고 싶지만 성에 돌아갈게. 나도 용사로서 해야 할 일이 있으니까."

아쉽다는 듯 웃으며 선배는 그렇게 말했다.

구명단의 부단장인 나처럼 용사인 선배에게도 해야 할 일이 있었다.

용사는 기사들의 희망이라고도 할 수 있는 존재이니 그 중요도는 나와 비교가 되지 않을 것이다.

"놀러 가는 것 정도는 싸움이 끝나면 언제든 어울려 드릴게요. 그치? 아마코."

"응."

물론 그때는 카즈키도 함께다.

나와 아마코가 그렇게 말하며 선배를 향해 웃자 선배는 일변하여 진지한 얼굴로 턱을 짚었다.

"나랑 그런 약속을 해도 괜찮겠어? 절대 잊지 않을 텐데?"

"……우사토. 스즈네가 진지한 얼굴인데 괜찮을까?"

불길한 예감밖에 안 드는데요. 뭐, 나쁜 일이 벌어지지는 않을 테니 철회하지 않을 거지만.

어쨌든 반드시 살아 돌아와야만 하는 이유가 또 하나 생기고 말았다.

제5화 용사에게서 온 편지와 나크의 성장!!

선배와 카즈키가 먼저 평원 지대에 설치된 거점에 가게 되었다.

기사들과 함께 출발한 그들을 배웅한 나는 훈련장에서 로즈와 모의전을 벌이고 있었다.

"좋아, 여기까지 할까."

"그러……네요. ……감사, 합니다."

숨을 헐떡이며 로즈에게 대답했다.

모의전은 변함없이 힘들었지만 지금의 내 실력을 재확인할 수 있어서 좋았다.

숨을 고르며 땅에 앉아 있자 올빼미 모습으로 지면을 나뒹굴고 있는 네아가 신음했다.

네아도 나와 함께 훈련에 참가했기에 상당히 지친 듯했다.

"우사토오. 반드시, 반~드시 너한테 피 받을 거야……. 안 그러면 수지가 안 맞으니까……!"

"알고 있어. 약속은 지킬게."

"꼭 지켜야 해!"

그렇게 다짐을 받을 정도인가.

뭐, 억지 부려서 참가해 달라고 했으니 거절하지 않을 거지만.

우리 구명단은 내일 거점으로 간다.

왜 출발 전날 로즈와 모의전을 벌였냐면, 나보다 뛰어난 신체 능력을 가진 로즈의 움직임에 마지막으로 익숙해지고 싶었기 때문이다.

"치유마법은 걸었지만 확실하게 쉬도록."

"알겠습니다."

전혀 지치지 않은 듯한 로즈의 말에 고개를 끄덕였다.

"어차피 만난 거 지금 얘기해 두겠는데, 이번에는 블루링을 전장에 데려갈 건가?"

"아~ 그건……."

얼마 전에 블루링에게 마왕군과의 싸움에 같이 갈 건지 직접 물어봤다.

정확히는 집을 잘 지켜 달라고 부탁한 거였지만, 이에 블루링은 화내면서 내 발을 마구 때려 자신도 전장에 가겠다는 뜻을 보였다.

어쩌면 나는 블루링을 너무 과보호한 걸지도 모르겠다고 생각하며 로즈의 말에 고개를 끄덕였다.

"네. 블루링도 데려갈 거예요."

"그런가. 그럼 블루링에게 줄 구명단 전용 장비를 준비시켰으니 나중에 확인해 둬."

"예? 그런 걸 언제 만든 건가요……?"

"너희가 루크비스에 회담하러 간 동안에. 혹시 몰라서 만들어 뒀다."

블루링 전용 장비인가. 어떻게 생겼을지 궁금하지만, 일단은 로즈에게 고맙다고 인사해야겠지.

"감사합니다!"

"인사 같은 건 필요 없어. 내가 멋대로 준비한 거니까. 그리고 하나 더."

로즈가 단복 주머니에서 봉투를 꺼냈다.

나한테 휙 던진 봉투에는 미아라크의 인장이 찍혀 있었다.

"단장님, 이건……."

"그건 너한테 개인적으로 온 거야. 왕성 쪽에는 별도로 정식 서신이 왔어. ……전쟁이 벌어지기 전에 용사의 무기가 완성될지 모르겠다는 내용이었지."

"그런가요……."

제때 완성될지 알 수 없는 건가.

아니, 완성되지 않을 거라고 단언하지 않았으니 그나마 다행이다.

내 건틀릿과는 달리 파르가 님은 아예 새롭게 용사의 무기를 만들고 계시니까, 상당히 무리하고 계실지도 모른다.

"고민하는 건 좋지만. 출발은 내일이야. 준비도 잊지 마라."

"네!"

그렇게 대답하자 로즈는 숙소로 돌아갔다.

로즈도 내일에 대비해 바쁠 텐데 귀중한 시간을 할애해 줬다. 미안하면서도 고마운 마음을 느끼며 나도 다시 기합을 넣었다.

"나도 내일을 위해 할 일이 태산이야."

응급 처치용 붕대와 약초 등, 마력이 떨어져서 치유마법을 쓰지 못하게 된 상황을 상정하여 준비해야 한다. 오히려 개인적인 짐보다 그쪽이 중요했다.

"으아아…… 준비하는 거 깜빡했어……."

"너는 조금 더 쉬어도 돼. 준비는 내가 할 테니까."

"고마워……."

인형처럼 나뒹굴고 있는 네아를 주워 어깨에 올리고 치유마법을 발동시켰다.

끙끙거리는 네아의 신음을 들으며 로즈에게 받은 편지를 보았다.

"그 전에 이걸 읽어 둘까."

용사의 무기 외에도 내 건틀릿에 관해 질문을 보냈었다.

조심스레 개봉하여 서면을 펼치자 유려한 문장이 적혀 있었다.

전략

이 편지는 링클 왕국 구명단의 우사토 켄 개인에게 보내는 것임.

사태가 긴박함은 알고 있기에 알려야 할 사항을 간결히 기록하겠어.

먼저 파르가 님에 의한 두 용사의 무기 창조는 싸움이 시작되기 전에 완료되지 않을지도 몰라.

완성되는 대로 미아라크에서 가장 빠른 배를 통해 보낼 생각이다.

여기서부터는 개인적으로 네게 보내는 글이다.

우사토, 네가 구명단이라는 조직의 일원으로서 전장에 가는 것은 알고 있어.

분명 네게 주어진 사명과 그 중압은 내가 상상할 수 없을 만큼 무겁겠지.

미아라크에서 너와 함께 싸운 몸으로서 너라면 괜찮으리라고 생각하지만, 네가 짊어진 많은 것들에 짓눌리지는 않을지 한편으로 걱정된다.

너는 상처 입은 사람이 눈앞에 있으면, 카론에게 그랬듯, 자기 몸을 돌보지 않고 구하려고 하겠지.

나도 네 말과 행동에 구원받아서 지금 이곳에 있어.

미아라크에서 너와 어깨를 나란히 하고 싸웠던 시간은 짧았지만, 너의 상냥함과 그 강한 의지는 깊이 이해하고 있어.

그렇기에 네 행동을 타박하지는 않을 거다.

구명단으로서 싸우고 살아서 돌아오길 바란다.

다음에 너와 만나게 되는 곳은 전장일지도 모르겠군.

그때는 너의 벗으로서, 용사로서, 이 힘을 쓰겠어.

이만 마치며.

미아라크 기사단 레오나

"살아서 돌아오길 바란다고……."

레오나 씨가 보낸 편지를 읽고 그렇게 중얼거렸다.

어깨에 있는 네아도 편지를 봤는지 내 얼굴로 시선을 보냈다.

"레오나도 너를 걱정하고 있나 봐."

"뭐, 걱정할 만한 행동을 한다는 자각은 있어."

직접 「무모한 짓은 하지 마」라는 말을 듣는 것보다 사무치게 느껴졌다.

"살아 돌아와야 하는 이유가 또 늘었어."

레오나 씨가 보낸 편지를 최대한 조심스레 봉투에 넣고 주머니에 갈무리했다.

그때, 뒤에서 내 이름을 부르는 소리가 들렸다.

"우사토 씨~!"

"응?"

소리가 난 곳을 보니 훈련장 입구에서 나크가 왔다.

"나크, 무슨 일이야?"

"그게, 통 씨가 빨리 도와주러 오래요."

"아~ 알겠어. 빨리 가야겠네."

그 녀석들한테만 준비 작업을 시키는 것도 미안하니 나도 빨리 가자.

모의전의 피로도 거의 회복됐고.

나는 나크와 함께 숙소로 향했다.

"우사토 씨. 내일 전장으로 가는 거죠?"

"……그렇지. 나크는 성에 가?"

"네. 다들 가시면 이곳에는 저 혼자만 남게 되니까 로즈 씨가 조치를 취해 주셨어요."

나크 혼자 구명단 숙소에 남길 수도 없으니 로즈의 판단은 당연했다.

"본심을 말하자면 저도…… 우사토 씨를 따라가고 싶어요."

"나크……."

"하지만 저는 아직 어리고 여러분처럼 강하지 않아요. 그건 저 자신이 가장 잘 알아요."

자신의 손바닥에 치유마법을 떠올린 나크의 중얼거림은 감정을 억누르고 있는 것처럼 들렸다.

나이도 그렇고 치유마법사로서도 미숙한 나크를 전쟁터에 데려갈 수는 없었다. 아무리 일손이 부족해도 그것만큼은 절대로 해서는 안 된다.

"하지만 분하게 여기고만 있어서는 안 된다고 생각했어요."

얼굴을 든 나크가 나를 올려다보았다.

"얼마 전에 로즈 씨에게 성에서 뭔가 돕고 싶다고 부탁드렸어요."

"돕는다고?"

"네. 지금은 성에서도 많은 사람이 나갔으니 힘이 되고 싶어서요."

그러네. 거점에 사람이 모여 있는 지금, 성 쪽도 일손이 매우 부족할 것이다.

불의의 습격에 대비해 기사를 몇 명 남긴 것 같지만, 그래도 수가 적다는 사실은 변함없다.

"그럼 성을 지키는 건 너한테 맡기게 되겠네."

"네?! 그렇게 거창한 일은……. 그리고 저는 아직 대단한 일도 못하고……."

"나크, 너는 스스로 생각하고 행동에 옮겼어. 나는 대단하다고 생각해."

아마 내가 나크와 같은 입장이었다면 똑같은 일은 하지 못했을 거다.

사고가 정지되어 근력 트레이닝만 하거나 무력한 자신을 한탄하기만 했을지도 모른다.

"우사토 씨!"

"응?"

나크는 결심한 표정으로 나를 올려다보더니 망설이면서도 입을 열었다.

"전쟁이 끝나고 돌아오시면 치유 펀치라든가 치유마법탄을 가르쳐 주세요!"

"어? 그런 거라면 지금—."

"이 바보!"

평범하게 가르쳐 주려고 했는데 네아가 날개로 내 뺨을 때렸다.

돌아보니 네아가 믿을 수 없다는 시선을 내게 보냈다.

"어린애한테 그런 위험한 기술을 가르치려는 거야?!"

"위, 위험하다니……."

아니, 잠깐…… 그런 건가.

나는 무릎을 꿇어 나크와 눈높이를 맞추고 그의 양쪽 어깨에 손을 올렸다.

"나크, 너는 다른 사람을 상처 입히는 기술을 배워선 안 돼. 설령 최종적으로 상대가 다치지 않더라도 말이야."

"우사토 씨……."

"네게는 아직 선택할 수 있는 여지가 있어. 무리해서 나처럼 난폭한 치유마법사가 되지 않아도 돼."

뭐지. 스스로 자신을 부정하는 건 꽤 가슴을 찌른다.

하지만 이것도 나크가 잘못된 길을 가지 않도록 하기 위함이다. 그걸 위해서라면 내 마음은 얼마든지 상처 입어도 된다……!

"하지만 저는……."

"루크비스에서 했던 훈련을 기억해?"

"잊을 수 있을 리가 없죠. 그딴…… 아니, 그 훈련은……."

그딴……?

뭐지, 묘하게 석연치 않은데.

너무 신경 쓰지 말자, 응.

"그때와 같아. 너 혼자서는 찾을 수 없다면 내가 함께 어떻게든 해 줄게."

"……네!"

"좋은 대답이야."

힘차게 고개를 끄덕인 나크의 머리에 손을 얹었다.

나크의 성장은 이제부터다.

일시적이긴 했지만 그의 스승이었던 자로서 그 성장을 지켜봐야 한다.

나는 어깨에 있는 네아에게 감사를 표했다.

"고마워, 네아. 네가 하고 싶었던 말은 이거였지?"

"아닌데? 아니지만…… 결과적으로는 좋았으려나? 나크도 이상한 기술을 배우지 않게 됐고……."

"……?"

작은 목소리로 중얼거리는 네아를 보고 고개를 갸웃하며 나크와 함께 다시 걷기 시작했다.

내일이 되면 출발이다.

나크 혼자 왕국에 남게 되겠지만, 나크라면 괜찮을 것이다.

아무튼 나크는 우리 구명단원이 인정하는 동료니까.

🌸제6화 출발! 전장으로!!

거점으로 출발하는 날.

아마코와 나크, 그리고 왕국에 사는 사람들이 배웅하러 와 줬다.

우리가 지켜야 하는 곳의 풍경을 다시금 눈에 새기며 나는 링글 왕국을 뒤로했다.

지난번 싸움 때와 똑같이 마차로 이동했지만, 지난번과 다르게 단원이 더 늘어나 있었다.

험상궂은 면상들 다섯 명과 올가 씨, 우루루 씨, 새로 끼게 된 페름과 네아.

블루링은 마차 밖에서 나란히 달리는 형태로 따라오고 있었다.

"네아, 그 모습은 어떻게 된 거야?"

"드디어 지적하는구나."

내 앞에 앉아 있는 네아가 자신만만한 표정으로 다리를 꼬았다.

네아는 평소 입던 훈련복이 아니라, 나와 로즈가 입은 단복을 검은색으로 바꾼 듯한 디자인의 복장이 되어 있었다.

"흐흥, 이건 내 변신 능력으로 만든 내 전용 단복이야!"

"응, 좋네."

"어? 그, 그렇게 순순히 칭찬하니까 나도 쑥스럽—"

"활동성이 좋아 보이는 복장이니까 여차하면 빠르게 움직일 수 있겠어."

"……."

기뻐하는 표정에서 일변하여 무표정이 된 네아가 내 정강이를 걷어찼다.

뭐야? 너도 페름처럼 정강이를 노리는 거야?

"하! 겉모습을 신경 쓰는 걸 보니 너도 아직 멀었네."

마력으로 만든 검은 옷을 두른 페름이 빈정거렸다.

페름의 말에 네아는 비웃음을 돌려줬다.

"흥, 우사토의 팔레트 스왑보다는 낫지."

"누가 우사토의 팔레트 스왑이야! 이 녀석과 똑같은 건…… 내, 내 쪽에서 사양이야!"

울어도 될까?

어째선지 내가 디스당하고 있고, 평범하게 마음이 아프다.

"너야말로 그런 차림으로 괜찮은 거냐!"

"딱히 상관없어! 조금 전의 일을 보면 알겠지만, 어차피 이 녀석은 둔감 근육뇌니까!"

네아와 페름의 말싸움이 과열되려고 했을 때, 두 사람 사이에 앉아 있던 인물이 움직였다.

"얘들아! 쑥스러운 건 이해하지만 싸우지 말고 사이좋게 지내자!"

"아윽?!"

"으악?!"

구명단에서 제일가는 사교성의 소유자, 우루루 씨였다.

어느새 아주 자연스럽게 네아와 페름 사이에 앉아 있던 우루루 씨가 활짝 웃으며 두 사람의 목에 팔을 둘렀다.

"이, 이거 놔!"

"놓지 못해?!"

"안 돼. 사이좋게 지내야지. 심각한 곳으로 가고 있으니까."

그래도 네아와 페름은 저항하려고 했지만, 웃는 얼굴의 우루루 씨로부터 도망칠 수 없는 듯했다.

"그리고 슬슬 멈추지 않으면 단장님한테 혼날걸?"

"“어? ……힉?!”"

마차 창문을 보는 우루루 씨의 시선을 좇으니 마차를 끄는 말의 고삐를 잡은 로즈가 무시무시한 눈으로 이쪽을 노려보고 있었다.

"이해했니?"

네아와 페름은 얼굴이 창백해져서 고개를 끄덕거렸다.

나는 지난번에 로즈 옆에 있었지만 이번에는 짐칸 쪽에 타게 되었다.

거점에서 내가 해야 할 일이 있으니까 그때까지 쉬라고 했다.

"우사토 군."

갑자기 올가 씨가 말을 걸어왔다.

"왜 부르세요? 올가 씨."

우루루 씨의 오빠인 올가 씨는 치유마법을 잘 다루는 사람이었다.

그런 그가 평소와 다름없는 온화한 표정으로 말했다.

"부단장이 된 네게 축하한다는 말을 안 했다는 게 생각나서 말이야."

"예? 아뇨, 굳이 축하까지……."

"아니야. 나도 네가 부단장이 되어서 기쁘니까."

그렇게 말하고 일단 말을 끊은 올가 씨는 몇 초쯤 간격을 두고 축하의 말을 꺼냈다.

"취임 축하해, 우사토 군. 앞으로도 로즈 씨를 잘 보필해 줘."

"제가 단장님을 보필할 수 있을지는 모르겠지만……."

"네가 모를 뿐이지 지금도 충분히 잘 보필하고 있어."

단장이 내 버팀목이 되어 주는 일은 있어도 그 반대는 아닌 것 같다.

하지만 올가 씨가 이렇게 말한다면 그럴지도 모른다.

"그렇다면 앞으로도 잘 보필할 수 있게 정진하고 싶어요."

"응. 뭔가 고민이 생기면 상담해 줘. 이런 미덥지 못한 나라도 괜찮다면 말이야……."

스스로 그렇게 말하고서 풀이 죽은 올가 씨를 다독이려고 했지만, 그 전에 네아와 페름과 놀던 우루루 씨가 올가 씨에게 말했다.

"오빠는 좀 더 자신감을 가져야 해. 마지막에 맥이 빠지니까 꼴사납잖아."

"하하하……."

"오빠, 웃을 일이 아니거든?"

"……네."

우루루 씨가 정색하고 말하자 올가 씨가 의기소침해졌다.

그런 두 사람을 보고 있으니 낮고 굵은 목소리가 들렸다.

그쪽을 보니 험상궂은 면상 5인방이 이야기를 나누고 있었다.

"상대는 마족뿐만이 아니라고 했지. 어쩔까?"

"마물도 섞여 있다니 은근히 귀찮아."

"맞아. 적이든 아군이든 마구잡이로 공격해 오잖아."

"상관없지 않을까? 우리가 하는 일은 똑같아."

"히히! 그것도 그러네."

상대가 마족과 마물이어도 하는 일은 똑같다……. 그렇군, 그런 건가.

대화 내용을 파악한 나는 입을 열었다.

"그런 거라면 나한테 맡겨 줘. 일단 너희가 마물로 오해받아 공격당하지 않을 대처법을 생각하자."

그렇게 말한 순간, 눈에 핏발을 세운 험상궂은 면상들이 나를 노려보았다.

"""""어엉?!"""""

이상하네. 내 짐작이 틀리진 않았을 텐데…….

"어라? 너희는 마물처럼 생겼으니까, 마왕군이 데려온 마물로 오해받고 공격당하지 않도록 의논 중인 거 아니었어?"

"너, 너 이 자식, 싸우자는 거냐?!"

분노하여 핏대를 세운 통을 보고 고개를 갸웃했다.

"어?"

"말도 안 돼. 이 녀석 진심으로 하는 소리야! 전과가 있는 굴드라면 모를까, 우리는 오해받지 않아!"

"나도 오해받지 않을 거야! 아마도!"

미르의 말에 굴드가 반론했으나 그것을 부정하듯 알렉이 고개를 가로저었다.

"너는 고블린으로 오해받아서 링글 왕국의 기사에게 포획당한 걸 누님이 거둬 줬잖아."

"내 경호원 시절 얘기는 하지 마!"

"어? 그거 진짜야?"

그래서 구명단에 들어오게 됐다니 너무 재미있잖아.

그리고 단원을 모으는 로즈의 기준을 모르겠다.

"우리는 마왕군이 데려온다는 마물에 어떻게 대처할지 얘기하고 있었어."

"그렇군. 그쪽이었나."

"오히려 어째서 이쪽이 먼저 생각 안 나는 거야……."

이야기를 다시 되돌린 고무르의 목소리에 고개를 끄덕였다.

마물 대책인가.

그런 경험은 험상궂은 면상들 쪽이 압도적으로 풍부할 테니 질문해 볼까.

"너희는 마물과 마주했을 때 어떻게 해? 아, 마물 근처에 부상자가 쓰러져 있는 경우에 말이야."

내 질문에 험상궂은 면상들은 턱을 짚고 잠시 생각에 잠겼다.

약 10초 후, 통부터 한 명씩 질문에 대답했다.

"급소를 노려."

"마물이 숨통을 끊기 전에 잽싸게 째버."

"일단 후려갈기려나."

"힘껏 몸통박치기를 먹여."

"적당한 마물을 던져서 미끼로 써."

"그렇구나. 고마워, 참고할게."

의견을 말해 준 다섯 명에게 감사를 표했다.

상대가 흉포한 마물이어도 잠깐이나마 주춤하게 만든다면 부상자를 살릴 수 있다는 거구나.

합리적이야, 응.

"있지, 우루루. 저거 참고해도 되는 거야?"

"나라도 알겠다. 절대 안 되지."

"평범한 사람이라면 무리지만 우사토 군이라면 괜찮지 않을까?"

앞자리에서 네아와 페름의 중얼거림이 들렸지만 지금은 통의 이야기에 집중하자.

이 녀석들과는 자주 싸우지만, 사이가 나빠서 싸우는 건 아니었다.

서로 허물없이 하고 싶은 말을 막 할 수 있는 사이라고 해야겠지.

카즈키나 이누카미 선배와는 다른 형태의 신뢰라고 생각한다.

"그럼 이번에야말로 굴드가 마물로 오해받지 않을 대책을 생각하자."

""""이의 없음.""""

"당연히 이의 있소다!"

호통치며 굴드가 일어섰다.

마차 안에서 당장 난투가 벌어지려고 했을 때—.

"시끄러워!! 이 멍청이들!! 얌전히 앉아 있어!!"

우리의 단장, 로즈의 벼락같은 노성이 마차 밖에서 울렸다.

그 목소리에 굴드뿐만 아니라 우리도 입을 다물었다.

그런 우리를 본 우루루 씨는 재미있다는 듯 웃었다.

"조용히, 떠들지 말고 얘기하자. 응."

"그래, 그러자."

나와 마찬가지로 얼굴이 파래진 험상궂은 면상들이 고개를 끄덕였다.

구명단, 모두, 사이좋은, 친구들.

그 후 우리는 되도록 로즈를 자극하지 않도록 조용히 이야기를 나눴다.

***

링글 왕국을 출발하고 몇 시간.

그렇게나 시끄러웠던 험상궂은 면상들이 낮잠을 자기 시작해서 마차 안은 조용했다.

"꽤 길게 느껴지네요."

"그러게. 오빠도 책 읽다가 그대로 잠들어 버렸어."

험상궂은 면상들에게서 시선을 떼자 어느새 우루루 씨가 내 앞자리로 이동해 있었다.

우루루 씨의 옆을 보니 페름과 네아도 잠들어 있는 것 같았다.

일단 감기에 걸리지 않도록 단복을 벗어서 두 사람에게 덮어 줬다.

"오, 다정하네. 그런 거 포인트 높아~."

"하하, 무슨 포인트인가요."

놀리듯이 우루루 씨가 그런 말을 했다.

"보면 볼수록 달라졌어. 우사토 군."

"어? 그런가요? 확실히 훈련은 빼먹지 않았으니 그런대로 힘이 붙긴 했죠."

"그것도 그렇지만 내가 하고 싶은 얘기는 내면이야."

내면?

나도 모르게 고개를 갸웃하자 우루루 씨가 이어서 말했다.

"처음 만났을 때보다도 지금이 훨씬 더 차분한 느낌이야."

"그야 이런저런 일이 있었으니까······."

루크비스에서 히노모토까지 가면서 있었던 일을 떠올리고 눈이 아득해지고 말았다.

"정말로 이런저런 경험을 해서 이제 웬만한 일은 받아들일 수 있어요."

"그, 그렇구나······."

애매하게 고개를 끄덕인 우루루 씨를 보고 문득 어떤 의문이 샘솟았다.

물어볼 거면 다들 잠든 지금이 기회이지 않을까?

"두 번째 싸움인데 우루루 씨는······ 괜찮으신가요?"

"어?"

이런 질문을 받을지는 몰랐는지 우루루 씨는 얼떨떨한 얼굴이 됐다.

나와 우루루 씨는 구명단원으로서 싸움에 참가하는 것이 두 번째다.

"우사토 군은 어때?"

"그야 무섭죠."

"전혀 그렇게 안 느껴지는데……."

"여러 가지로 각오했으니까요."

로즈의 이야기를 듣고 내 안에서 각오가 단단해졌다.

그렇게 말하자 우루루 씨는 갑자기 일어나서 내 목에 팔을 둘렀다.

"요 녀석 좀 보게! 내가 누나인데 건방져~!"

"억, 잠깐만요, 우루루 씨?!"

"하지만 그런 부분이 정말로 단장님이랑 똑같아!"

예상하지 못한 행동에 동요하는 나를 놓아준 우루루 씨는 처음 만났을 때부터 변함없는 밝은 미소를 지었다.

"나는 괜찮아. 우사토 군."

"예?"

"나도 싸움은 무섭지만, 모두를 살리고 싶다는 마음이 더 커. 그 마음이 있다면 약간의 위험은 아무것도 아니야."

"……."

"우사토 군?"

"아뇨, 우루루 씨가 너무 강해서 조금 질겁했어요."

"너무한 거 아니야?!"

조금 전에 당한 것을 보복할 겸 너스레를 떨었지만 내심 우루루 씨의 강한 정신에 놀랐다.

하지만 한편으로 구명단원인 우루루 씨의 강함에 납득하고 말았다.

"우사토 군, 혹시 나를 걱정해 준 거야?"

"뭐…… 네, 그렇죠."

"그렇구나~ 걱정 끼치고 말았나~."

대단히 가벼운 대답에 어깨에서 힘이 빠지려고 했다.

반면 우루루 씨는 기뻐 보이는 모습으로 내게 시선을 맞췄다.

"우사토 군. 우리는 똑같은 구명단의 동료야."

"네?"

"그러니까 너는 혼자가 아니고, 네가 부단장이라고 해서 전부 떠넘기지 않을 거야."

우루루 씨가 걱정돼서 물어봤는데 반대로 우루루 씨가 나를 신경 써 줬다.

뭐랄까, 내 생각 같은 건 우루루 씨에게 훤히 보였던 모양이다.

"역시 우루루 씨는 못 당하겠어요."

"그렇지?"

"방금 그건 겸손하게 받아쳐 주셔야죠."

즐겁게 웃는 우루루 씨를 따라 나도 웃었다.

우루루 씨 덕분에 어깨의 짐이 가벼워진 것 같았다.

"이봐, 거기 둘."

그렇게 생각하고 있으니 고삐를 잡은 로즈가 창문을 두드리며 우리를 불렀다.

나와 우루루 씨가 창밖을 보자 로즈는 앞쪽을 가리켰다.

그곳에는 많은 물자와 텐트 등이 늘어선 야영지가 펼쳐져 있었다.

"곧 있으면 거점에 도착해. 자는 녀석들 깨워."

""네!""

거점에 도착한 뒤로도 할 일은 많다.

로즈의 말에 힘차게 고개를 끄덕인 나와 우루루 씨는 자는 사람들을 깨워 나갔다.

***

평원 지대에 설치된 거점은 내가 상상했던 것보다도 규모가 컸다.

네 왕국의 병사와 물자가 모였으니 이 넓이도 당연하겠지만, 그래도 눈앞의 광경에 압도되고 말았다.

"거점 반대편에는 망루와 방벽이 만들어지고 있구나."

"아직 완성되지는 않았지만, 이 짧은 기간에 이렇게나 만들다니 굉장하다."

거점의 전선에 건설 중인 방벽과 망루를 보면서 네아의 중얼거림에 고개를 끄덕였다.

우리는 마중 나와 준 링글 왕국 기사의 안내를 받아 구명단이 활동할 곳으로 가고 있었다.

스쳐 지나가는 타국의 병사들이 호기심 어린 눈으로 우리를 보았는데 아마 블루링 때문에 그럴 것이다.

블루링이 익숙할 터인 링글 왕국의 기사라면 모를까, 타국의 병사들은 블루 그리즐리를 위험한 마물로 인식했다.

"장비는 어때? 블루링."

"크앙~."

"그래그래, 딱 맞네."

졸린 목소리로 대답한 블루링의 머리를 쓰다듬으며 그의 장비를 보았다.

등에 장착된 벨트와 큼직한 안장. 이 안장에 부상자를 고정하여 검은 옷들처럼 구명단 텐트로 운반할 수 있다.

"네 역할이 뭔지는 알지?"

"크룽."

내 말에 블루링은 힘차게 고개를 끄덕였다.

이번 전쟁에서 블루링의 역할은 두 가지였다.

검은 옷에게서 부상자를 받아 운반하는 것.

그 거구로 부상자를 지키는 것.

마물로서 적을 공격하는 것이 아니라 구명단의 일원으로서 아군을 구하는 것이 블루링에게 주어진 역할이었다.

"우사토."

앞서 걷는 로즈가 갑자기 나를 불렀다.

"네? 왜 부르시나요?"

"조금 전에 기사한테 들었는데, 증원으로 파견된 인원은 이미 도착해 있는 모양이야."

"그런가요. 그럼 바로 인사하러 가나요?"

"그래. 하지만 나는 먼저 해야 할 일이 있어. 내가 그 녀석들과 얼굴을 마주하는 건 나중이 될 것 같아."

뭐, 로즈는 단장으로서 책임이 있으니 바쁜 건 이해한다.

"그렇다면 제가 구명단에 관해 설명하면 될까요?"

"눈치가 좋아졌군. 맞아."

구명단의 대표로서 내가 인사하는 건가.

긴장되기는 하지만 못 할 일은 아니었다.

"그런 거라면 제게 맡겨 주세요."

"오냐. 부탁한다."

은근히 중요한 역할을 맡아 버렸다.

지금부터 만날 사람들은 함께 싸울 동료들이니 괜한 응어리는 만들고 싶지 않다.

"첫인상이 중요하지. 응."

"의욕만 앞서지 않게 조심해."

"알고 있어."

네아의 말에 고개를 끄덕였다.

나도 서신 전달 여행을 하면서 처음 만나는 사람을 대하는 방식을 그런대로 익혔다.

웬만하면 괜찮을 터다.

"그러고 보니 여기에 카즈키랑 선배도 있는 거지……?"

둘 다 용사로서 해야 할 일 때문에 바쁘겠지만 한 번쯤은 얼굴을 비추고 싶다.

그 후 한동안 걸어서 우리가 활동할 곳에 도착했다.

안내받은 구명단의 활동 거점은 꽤 공간이 있는 장소였다.

곳곳에 설치된 커다란 텐트, 쌓여 있는 의료 물자, 부상자를 눕힐 깔개 등 필요한 장소와 물자는 대체로 갖춰져 있는 것처럼 보였다.

이 정도 넓이라면 부상자가 넘칠 일은 없겠다.

"구명단 여러분을 지원해 주실 인원은 이미 저쪽 텐트에서 대기하고 있습니다."

"그래, 알겠어. 안내하느라 수고했다."

안내해 준 기사를 보낸 로즈는 내게 말했다.

"우사토, 아까도 말했듯 나는 일단 다른 곳에 갈 거지만 뒷일은 부탁한다."

"네. 맡겨 주세요."

"부단장으로서 임무를 확실히 수행하도록."

어깨에 손을 툭 얹은 로즈는 그대로 거점 안쪽으로 갔다.

심호흡하여 기분을 진정시킨 나는 구명단원들을 돌아보았다.

"일단은 짐과 물자 정리부터 시작할까. 페름, 너는 되도록 밖에 돌아다니지 마."

"알고 있어."

"그래, 부탁해. 착각해서 네가 공격받을 가능성도 없지는 않으니까. 들키더라도 우리는 전력으로 너를 감쌀 거지만 안 들키는 게 가장 좋아."

"그래. 너희한테 폐 끼치지 않을 거야."

이 거점에 있는 동안 페름은 얼굴을 숨겨야 했다.

링글 왕국의 기사들은 페름의 존재를 이해하지만 타국의 기사는 그렇지 않다. 최악에는 스파이로 착각하여 그 자리에서 공격하려 들더라도 이상하지 않았다.

"올가 씨는 이동하느라 피곤하실 테니 뒷일은 저희한테 맡기고 쉬세요."

"아, 아니, 나도 뭔가 도울게."

"우사토 군의 말이 맞아. 오빠는 너무 빈약하니까 무리하지 마."

올가 씨는 선천적으로 몸이 약했다.

마차 이동은 앉아만 있어도 힘드니 올가 씨는 되도록 쉬었으면 했다.

올가 씨는 구명단에서 가장 중요한 존재라고 해도 좋았다.

"맞아, 올가."

"통……. 미안해. 내 몸이 약한 탓에."

통이 가볍게 어깨를 두드리자 올가 씨는 미안해하며 사과했다.

다른 험상궂은 면상들이 그런 올가 씨를 신경 써 주며 말했다.

"선천적인 것이니 어쩔 수 없지."

"우리는 너를 민폐라고 생각 안 해. 신경 쓰지 마."

"너는 구명단의 열쇠니까. 푹 쉬어."

"힘쓰는 일은 우리한테 맡겨."

"다들 고마워……."

그들의 말에 올가 씨는 감사를 표하며 고개를 끄덕였다.

얼굴은 무섭게 생겼지만 이 녀석들은 기본적으로 착하단 말이지. 얼굴은 무섭게 생겼지만.

"좋아. 그럼 험상궂은 면상들이랑 페름은 물자를 확인하고 정리해. 올가 씨는 일단 쉬세요."

"너는 어쩌려고? 부단장이니까 농땡이 피운다고 하기만 해 봐."

"얘기는 끝까지 들어. 나는 우리를 도와줄 사람들한테 먼저 인사하러 가야 해. 네아랑 우루루 씨도 같이 가 줬으면 하는데."

그렇게 설명하자 우루루 씨가 자신을 가리키며 고개를 갸웃했다.

"우사토 군, 나는 뭘 하면 돼?"

"솔직히 저 혼자서는 불안해서 우루루 씨의 힘을 빌리고 싶어요."

"그런 거라면 맡겨 줘! 이래 봬도 얘기하는 건 자신 있거든!"

「이래 봬도」라고 할 만큼 의외는 아니에요. 조금만 얘기해 봐도 당신의 높은 사교성은 전해져요.

이런 일에 익숙해 보이는 우루루 씨가 옆에 있어 준다면 든든하다.

"우사토, 나는 왜?"

"너도 우루루 씨처럼 보조해 줘."

"알겠어. 올빼미 모습인 편이 나으려나?"

"아~ 그러네. 그걸로 부탁해."

자, 이로써 분담이 끝났다.

다시금 단원들을 둘러보고서 모두에게 들리도록 말했다.

"그럼 지시한 대로 움직여 줘. 무슨 일이 생기면 나한테 오고."

""오우!""

""네!""

믿음직한 대답을 확인하고서 일단 해산시켰다.

나는 네아, 우루루 씨와 함께 구명단을 보조해 줄 사람들이 있
는 텐트로 향했다.

"좋아. 단장님한테 혼나지 않도록 부단장으로서 일해야지."

"너무 부담 가지지 말고."

"네!"

우루루 씨에게 그렇게 대답하며 텐트 안으로 들어갔다.

그러자 안에 있던 사람들의 시선이 내게 모였다.

그 시선에 압도당할 것 같지만 마음을 굳게 먹고 그들 앞에 섰다.

여기 있는 사람들은 우리를 보조하고 도와줄 사람들이다.

그렇기에 처음에 나쁜 인상을 줄 수는 없었다.

등을 곧게 편 나는 분명한 목소리로 자기소개를 했다.

"링글 왕국 구명단 부단장, 우사토 켄입니다. 이번에 이렇게 도와
주러 와 주셔서 진심으로 감사드립니다."

나는 부단장으로서 해야 할 일을 한다.

그게 부단장이라는 지위를 맡은 자의 의무이고 사명이기 때문이다.

파견된 사람들에게 자기소개를 마친 나는 앞으로 도와줬으면 하는 일과 전투 중에 해야 할 일을 최대한 알기 쉽게 설명했다.

솔직히 긴장해서 잘 설명했는지 미심쩍은 부분도 있었지만, 그 부분은 우루루 씨가 도와줘서 어떻게든 됐다.

서툴게 설명을 끝낸 후에는 사전에 준비해 둔 명부를 이용해 각각의 역할을 배정했다.

역시 일손이 많으니 작업 효율도 차원이 달라서 순식간에 우리가 활동할 수 있는 거점이 완성되었다.

해가 저물 즈음, 완성된 구명단의 활동 거점으로 돌아온 로즈가 파견된 사람들과 대면하게 되었는데, 나와 인상이 너무 달라서 사람들이 술렁거린 것이 조금 재미있었다.

* * *

"마왕군의 진군이 확인됐나."

캠프파이어처럼 쌓아 올린 장작 속에서 타오르는 불을 멍하니 바라보며 나는 그렇게 중얼거렸다.

천막 설치를 끝낸 밤에 작전 본부로부터 로즈를 통해 정보가 전달됐다. 마왕군은 이미 정찰 요원이 발견했던 곳을 통과하여 착실히 이쪽으로 오고 있다고 했다. 그것도 많은 마물을 거느리고서 진군 중이었다.

"크웅."

"……그래, 괜찮아. 블루링."

삼베를 깐 지면에 앉아 있으니 옆에 누워 있던 블루링이 걱정스럽게 나를 올려다보았다.

그런 블루링를 향해 웃으며 머리를 쓰다듬었다.

평소와 다름없는 감촉이지만 친숙한 감촉이었다.

"네가 있어서 마음이 든든해."

"푸흥!"

"자랑스러운 모양이네."

저번 싸움 때는 블루링을 링글 왕국에 두고 왔지만 이번에는 다르다.

사룡과 싸웠을 때처럼 신뢰하는 동료로서 등을 맡기게 된다.

그게 조금도 불안하지 않았다.

서신 전달 여행을 통해 나도, 그리고 이 녀석도 크게 성장했기 때문이다.

그렇게 생각하며 화톳불을 바라보고 있으니 블루링이 갑자기 얼굴을 들고 내 뒤를 보았다.

"……크릉."

"응? 왜 그래? 블루—."

"누구~게!"

뒤에서 다가온 누군가……라고 할 것도 없이, 이누카미 선배의 손에 의해 갑자기 시야가 차단되고 말았다.

부드러운 손이 눈을 덮은 가운데, 나는 충격을 받았다.

"분하다!"

"엄청나게 속상해하네?! 어, 아니, 그렇게 충격받을 줄은 몰랐어. 미아—."

"선배만큼 사특한 기운을 풍기는 사람이 없는데 그 접근을 눈치 채지 못하다니……!"

"너는 나한테 좀 더 미안해해야 해! 그리고 수줍어해!!"

며칠 전과 다름없는 선배의 모습에 조금 안도했다.

"미소녀의 전형적인 패턴에 분함을 느끼다니 어떻게 된 거야?!"

"그야 선배니까요."

"무슨 뜻이야?!"

자신을 가리키고 있기에 무슨 말을 하고 싶은지는 이해하지만, 선배가 아니라면 상당히 이상한 발언이다.

"왜 너는 그렇게 전형적인 리액션에서 벗어나는 거야! 미소녀가 이렇게 하면 보통은 얼굴이 빨개지잖아?"

"소리도 없이 뒤에서 다가오는 쪽이 더 공포예요. 오히려 얼굴이 파래졌어요."

그렇게 말하자 선배는 필사적인 모습으로 내 어깨를 붙잡았다.

"만약, 만약에 에바가 나랑 똑같이 했다면 어쩔 거야?!"

소리도 없이 에바가 배후에……?

사마리알에 있을 적에 몇 번이나 경험했지만, 지금도 무섭다고 단언할 수 있다.

"어, 어째서 그렇게 겁에 질린 얼굴이 되는 거야……?"

무의식적으로 떨리는 손을 붙잡고 있으니 선배 뒤에서 카즈키와 프라나 씨가 왔다.

"우사토와 스즈네를 보고 있으면 뭔가 재미있어."

"선배는 시도하는 족족 빗나가네. 안녕, 우사토! 무사히 이쪽에 도착했나 보구나."

"응, 카즈키랑 프라나 씨도 건강해 보여서 다행이야. 아, 선배도요."

선배를 보고 그렇게 말하자 그녀의 표정이 활짝 폈다.

정말로 감정 기복이 심하네요……

그렇게 생각하고 있으니 내게서 블루링으로 타깃을 바꾼 선배가 슬금슬금 다가갔다.

"블루링, 너도 왔구나! 쓰다듬게 해 줘!"

"크릉!"

내민 손을 블루링이 즉각 쳐 내자 선배는 호전적으로 웃었다.

"훗, 변함없이 제법이야!"

"지금의 선배라면 뇌수 모드로 쓰다듬을 수 있을 텐데요?"

"그래서는 의미가 없어. 우사토 군, 나는 블루링이 자발적으로 쓰다듬는 걸 허락해 주는 상황을 소망해!"

적어도 지금처럼 욕망을 훤히 드러낸 채로는 무리일 것 같은데…….

눈싸움을 벌이는 선배와 블루링으로부터 시선을 떼고 카즈키와 프라나 씨 쪽으로 고개를 돌렸다.

"여기 있는 걸 보면 프라나 씨도 싸움에 참가하려고?"

엘프족인데 인간과 마족의 분쟁에 참가해도 괜찮을까?

그런 의미도 포함된 질문이었지만 프라나 씨는 확실하게 고개를 끄덕였다.

"응. 이게 내가 택한 일이니까 카즈키와 함께 싸울 거야. 그리고 카즈키는 무모한 구석이 있어서 확실하게 지켜봐야 해!"

"내가 무슨 어린애야······?"

"덧붙여 공주님께 직접 부탁받은 일이기도 하지!"

"아~ 세리아한테도 부탁받았나······."

사랑받고 있구나, 카즈키.

세워 둔 채로 이야기하기도 미안하니까 이왕이면 앉을 장소를 마련할까.

근처에 정리해 둔 삼베를 깔며 말했다.

"이왕 온 거 앉아서 얘기할까요? 이런 거라도 괜찮다면 말이죠······."

"전혀 상관없어. 우리도 오늘은 할 일이 더 없으니까. 카즈키 군이랑 프라나도 괜찮지?"

"물론이죠."

"응."

세 사람이 자리에 앉은 것을 보고 나는 궁금했던 점을 물어보기로 했다.

"선배도 들었죠······? 마왕군에 관해."

"그래. 여기 오는 것도 시간문제겠지. 싸움은 코앞으로 다가와 있어."

이전 싸움 때처럼 강에 다리를 만드는 단계에 로즈가 파괴하러 가면 시간을 벌 수 있을지도 모른다고 생각했지만 그건 로즈 자신이 그만뒀다고 한다.

마왕군도 이전의 실패를 그대로 답습할 리가 없고, 무엇보다 이번에는 하늘을 나는 비룡이 있기에 다리를 파괴해도 의미가 별로 없다고 판단했다.

게다가 로즈에게는 다리를 절대 파괴할 수 없으리라는 확신이 있는 것 같았다.

"우리도 지금까지 해야 할 일은 했어. 뭐, 시구르스처럼 군대를 지휘하지는 못하지만 말이야."

"카즈키는 여기 와서 뭘 했어?"

"주로 모인 병사들을 확인했어. 역시 네 군대를 집결하는 건 간단하지 않으니까, 일단 명령 계통과 전법을 파악했어."

이전의 교류전만으로 전부 파악하지는 못했으니 말이지.

독자적으로 전장을 달리는 나와 달리, 선배와 카즈키는 동료 병사와 함께 싸움에 임하므로 무엇보다도 연대가 중요하리라.

"그 외에는…… 각국 군대의 지휘관과 얼굴을 익혔지."

"혹시 니르바르나 왕국의 지휘관으로는 하이드 씨가 왔어?"

"응. 캄헤리오와 사마리알의 지휘관은 전선에서 싸운 경험이 적어서 하이드가 전선을 이끌게 됐고, 총지휘는 시구르스가 맡게 됐어."

지난번 회담 때 여러 가지를 가르쳐 줬던 하이드 씨가 있다면 든든하다.

안도하고 있으니 이번에는 선배가 입을 열었다.

"그리고 구명단에 관해 시구르스가 대대적으로 설명했어."

"어? 그런가요? 참고로 어떤 설명을?"

"전장에서 흰색 옷과 검은색 옷을 입은 자와 조우하면 움직이지 못하는 부상자를 맡길 것. 반대로 그들이 위험에 처하려고 하면 전력으로 도울 것."

"그렇군요……."

후반 같은 상황에 처하고 싶지는 않지만, 첫 번째 싸움 때는 나도 위험한 순간에 기사님에게 도움을 받았었다.

그 덕분에 살았었다.

그리고 우리에 관해 미리 알고 있는 것은 매우 고마운 일이다.

주로 직접 부상자를 찾아내야겠지만, 우리를 발견한 사람이 도움을 청하는 쪽이 효율적이기 때문이다.

"구명단 쪽에도 증원이 왔다고 들었는데……."

"네. 낮에 대면하고 인사했어요. 아쉽게도 치유마법사는 없었지만요."

선배의 질문에 대답하자 프라나 씨가 조심조심 말을 걸어왔다.

"줄곧 신경 쓰였는데, 우사토랑 단장님 말고 구명단에 있는 다른 치유마법사는…… 주먹질하거나 엄청난 속도로 움직이거나 안 그러지?"

나와 로즈 이외의 다른 치유마법사라면 나크와 우루루 씨, 올가 씨를 말하는 건가.

······나크는 아직 어리니까 카운트하지 않아도 되려나.

"다들 일반적인 치유마법사야. 나랑 단장 같은 치유마법사가 희한한 거지."

"여, 역시 그렇지?! 우사토나 단장님 같은 치유마법사 쪽이 드물지!"

수가 드물다기보다, 나도 로즈 말고는 본 적이 없다.

아니, 애초에 로즈가 시초인가?

그렇게 생각하며 그 사람은 진짜 어마어마한 사람이다.

그 후 우리는 시간이 허락하는 한 많은 이야기를 나눴다.

전쟁이 끝나면 뭘 하고 싶은지, 그리고 가슴 깊이 묻어 뒀던 불안도 털어놓았다.

······어쩌면 이게 마지막이 될지도 모른다.

물론 그렇게 만들지 않으려고 애쓸 거지만, 각오는 해 둬야 한다.

그렇기에 나는 지금 이 한때를 진심으로 즐겼다.

🌸제7화 싸움을 앞두고……

이튿날, 나는 이번 싸움에 참가하는 구명단원들과 파견된 사람들을 모았다.

로즈는 지휘관들의 작전 회의에 참가하러 갔기에 그동안 구명단의 역할에 관해 다시금 다 같이 확인하자고 생각했다.

"회색 옷인 올가 씨, 우루루 씨. 두 사람은 여기서 부상자를 치료해 주세요."

"사람을 척척 살리겠어!"

"우, 우루루…… 벌써 그렇게 의욕을 불태울 필요는 없지 않을까……."

이어서 두 사람을 보조할 파견 인원을 보았다.

"여러분은 올가 씨와 우루루 씨를 보조해 주세요. 검은 옷이 데려온 부상자에게 회복마법을 걸고 소독, 붕대와 약초를 이용한 응급처치 등으로요. 서로 도와야 하는 일이니 늘 주위를 살펴 주세요."

"""네!"""

확실한 대답에 안심하고 이어서 가벼운 장비를 착용한 사람들을 보았다.

"그리고 구호병분들은 후방에서 부상자를 구조하고, 검은 옷이 데려온 부상자를 수용하는 중개 역할을 맡아 주세요. 검은 옷과 비슷한 역할이지만, 아무쪼록 너무 앞으로 나가지 않도록 부탁드립니다."

""""예!!""""

육체파인 사람이 많아서 그런지 씩씩한 대답이 돌아왔다.

역시 이런 자리에서 말하는 건 긴장된다.

작게 심호흡하고 이어서 험상궂은 면상들과 페름 쪽을 보았다.

"너희는 뭘 해야 하는지 알고 있겠지만, 페름을 위해 한 번 더 확인할게."

"그래."

"검은 옷의 역할은 전장에서 부상자를 구출하는 것. 알고 있지?"

"타이르듯 말하지 않아도 제대로 알고 있어."

페름이 얼굴을 휙 돌렸다.

페름은 몸집이 작은 소녀지만 인간보다 신체 능력이 훨씬 높은 마족이다. 심지어 구명단에서 훈련까지 마쳤다.

게다가 페름에게는 어둠 계통 마법으로 자유롭게 모습을 바꿀 수 있는 옷이 있다. 반전의 힘을 잃었어도 방어 면에서 무적이란 점은 변함없었다.

"야, 우사토."

"응?"

통이 나를 불러서 그쪽을 보았다.

팔짱을 끼고 있던 통은 어깨에서 힘을 빼더니 웃으며 입을 열었다.

"부단장. 우리는 다친 아군을 구하고 살아서 돌아오겠어. 너를

부단장이라고 부르는 건 성미에 안 맞지만, 이번 전쟁이 끝나기 전
까지는 그렇게 불러 주마."

"뭐……?"

"지금까지 그렇게 부른 적 없지만 곧 싸움이 시작되잖아. 너를
인정해 주자는 생각이 들었어."

그렇게 통이 말하자 다른 험상궂은 면상들도 뒤따라 씩 웃었다.

지금껏 그냥 이름으로 부르거나 「애송이」라고만 불렀던 녀석들
이…….

나는 한 걸음 뒤로 물러나며 충격에 빠져 입을 틀어막았다.

"너희…… 죽는 거야……?"

""""""안 죽어!!""""""

조금 전까지의 정연한 분위기를 깨고 일제히 태클을 걸어왔다.

나도 이런 말을 하고 싶지는 않았지만, 곤혹스럽게 느끼는 것도
당연하다고 생각한다.

"너는 진짜 분위기 파악을 못 해!"

"이 녀석, 머리까지 근육으로 꽉 차 있는 거 아니야?"

"아니, 느닷없이 죽기 직전처럼 말하니까……."

악역이 갑자기 좋은 말을 한다. 흔히 말하는 사망 플래그다.

그래도 부단장이라고 불러 주니 기쁘기는 했다.

"그럼 나도 너희에게 걷어차이지 않도록 힘내야겠네."

"그래. 한심한 모습을 보이면 속공으로 부단장 자리를 뺏어 주겠어."

"할 수 있으면 해 봐. 바로 반격해 줄 테니까."

평소처럼 통과 너스레를 주고받고서 같이 웃었다.

"저기, 우사토. 나는?"

그러자 인간 모습인 네아가 내 단복 소매를 잡아당겼다.

그 표정은 어딘가 불안해 보였다.

네아를 깜빡했던 나는 훗 웃으며 그녀의 어깨에 손을 얹었다.

"너는 나를 보조해 줘. 부탁할게."

"평소처럼 하면 되네. 나만 믿어. 그에 걸맞은 활약은 할 거니까."

"하하, 듬직하네."

자신감 넘치는 네아를 믿음직스럽게 여기며 마음을 다잡았다.

싸움은 코앞으로 다가왔다.

함께 싸울 동료들을 재차 둘러본 후, 나는 다시금 각오를 다졌다.

***

그날 밤.

작전 회의에서 돌아온 로즈가 나를 불러서 거점에 설치된 방벽과 인접해 지어진 망루로 향했다.

"다들 바짝 긴장해 있네……."

텐트 밖으로 나오니 병사들의 모습이 보였는데 다들 상당히 긴장한 것 같았다.

마왕군이 코앞까지 와 있으니 그럴 만도 했다.

그런 그들을 곁눈질로 보며 텐트 사이사이를 걸어갔다.

"……있다."

목적지에 도착하자 망루에 서 있는 로즈가 보였다.

나는 말 없이 사다리를 올라 그녀 곁으로 갔다.

"우사토인가."

"네. 왜 이곳으로 절 부르신 건가요? 작전 회의 내용이라면 아까 들었는데요."

내가 할 일은 지난번 싸움과 그리 다르지 않다.

나와 로즈는 싸움이 막 시작됐을 때는 활동 거점에서 부상자 치료에 전념하고, 본격적인 전투가 시작되면 출격하여 전장을 달리면서 부상자를 치유해 나간다.

"단순히 할 얘기가 있어서 부른 거야. 그렇게 어깨에 힘주지 않아도 돼."

"그런가요."

어깨에서 힘을 빼고 망루 난간에 양손을 올렸다.

새삼 평원 지대를 둘러보니 아름다운 경치였다.

시야 가득 펼쳐진 평원이 달빛을 받아 낮과는 다른 표정을 보여주었다.

이곳이 조만간 전장이 되어 황폐해질 것을 생각하니…… 조금 아깝다는 기분이 들었다.

"여기 오고 나서는 거의 다 너한테 맡겼는데 부단장으로서 잘하고 있나?"

"예? 그럼요, 물론이죠."

"그럼 됐다. 네가 제대로 하고 있는 것 같아서 안심했어."

"단장님."

"왜?"

"갑자기 상냥해지시니까, 그게…… 섬뜩해요."

로즈의 대답은 팔꿈치로 나를 가격하는 것이었다.

체중이 실린 일격이 정통으로 가슴을 때렸지만 어떻게든 다리에 힘을 줘서 버텼다.

"그래. 잠깐 나 좀 보자. 근성을 바로잡아 주마."

"죄, 죄죄죄, 죄송합니다……!"

손으로 뚜둑뚜둑 소리를 내며 다가오는 로즈에게 급히 사죄했다.

"내가 드물게도 신경 써 줬더니만 너는 언제까지고 건방진 애송이야."

"그, 그렇게 대단하진 않은데……."

"칭찬한 거 아니다."

어이없어하며 한숨을 쉰 로즈는 다시 평원으로 시선을 돌렸다.

그 시선은 눈앞의 평원이 아니라 그 너머를 보는 것 같기도 했다.

"네로 아젠스도 올까요?"

"어디까지나 예감에 불과하지만 오겠지."

이 사람의 감은 기본적으로 적중률이 매우 높다.

파르가 님이 썼던 안 보이는 마술조차 감지할 정도니까.

"단장님이 상대하실 건가요?"

"……."

로즈는 입을 열지 않았다.

동요하지는 않았지만 그렇다고 부정하려 들지도 않았다.

그저 침묵하는 로즈를 보고 불안하게 여기고 있으니 마침내 그녀가 입을 열었다.

"녀석이 이곳에 온다면 나와 싸우는 게 목적일 거야."

"……복수하기 위해서요?"

"그건 모르겠지만, 녀석이 그때의 싸움의 결말에 납득했을 것 같지는 않아."

아득히 먼 곳을 바라보는 로즈의 표정에서는 감정을 엿볼 수 없었다.

……실은 과거 이야기를 듣고 줄곧 묻고 싶은 게 있었다.

"단장님은 네로 아젠스에게 복수하고 싶으신가요?"

"아니. 그런 기분은 한참 전에 사라졌어."

너무나도 간단히 대답해 줘서 어깨에서 힘이 빠졌다.

그 대답에 안도했지만 의문도 남았다.

네로 아젠스는 로즈의 소중한 부하를 죽인 원수다. 그런 상대라면 당연히 복수하고 싶지 않나?

내가 질문하기 전에 로즈가 먼저 입을 열었다.

"내게는 해야 할 일이 있었으니까. 복수 같은 걸 생각할 여유는 없었어."

"구명단, 말인가요……."

"그래. 그리고 녀석들도 그런 걸 바라지는 않을 테지."

로즈에게 예전 부하들은 커다란 존재였음을 새삼 느끼고 있으니 갑자기 로즈가 웃었다.

"하지만 녀석의 점잖은 면상은 한 번 더 후려갈기고 싶어."

"갑자기 얘기가 흉흉해졌네요."

로즈에게 진심으로 맞을 네로 아젠스가 불쌍하다.

"……저기, 혹시 제가 네로 아젠스와 조우하면—."

"도망쳐. 너는 아직 못 이겨."

"……도망칠 수 없을 때는요?"

당장 생각난 것은 네로 아젠스 근처에 중상자가 있는 상황이었다.

내가 도망치면 그 사람은 확실하게 죽는다. 하지만 부상자를 구하기 위해 싸우더라도 로즈와 동등하거나 그 이상인 상대와 교전하고서 내가 무사할 리 없다.

그런 내 질문을 듣고 로즈는 이쪽을 보지 않고서 대답했다.

"전력으로 버텨."

"버티라니…… 역시 싸우는 건가요?"

"내가 도망치라고 해도 너는 어차피 싸우려고 할 거잖아. 그럼 전력으로 버티며 도움을 기다려."

저를 얼마나 호전적인 녀석이라고 생각하는 건가요?

하지만 방어에만 전념한다면 시간을 벌 수 있을지도 모르겠다.

공격에 나선 순간 목이 날아갈 것 같기는 하지만.

"지금 물어봐 두자고 생각했는데."

"네?"

로즈가 말해서 그쪽을 보았다.

"너는 치유마법을 휘감은 공격을 쓸 생각인가?"

"치유 펀치를 말씀하시는 건가요?"

"응? 아아, 너는 그렇게 불렀지."

때린 상대를 치유하는 공격.

나는 로즈가 하고 싶은 말이 무엇인지 바로 이해했다.

"지금이니까 말하는 건데, 너한테 그 기술을 가르쳐 준 건 실수였어. 구태여 마력을 소비하고, 무엇보다 쓰러뜨려야 할 상대를 치유해 버리지. 그게 무슨 뜻인지…… 알고 있겠지?"

"네. 물론이죠."

상대에게 상처를 주지 않고 무력화한다는 점에서 치유 펀치는 더할 나위 없이 유능한 기술이다.

하지만 그 이점은 전쟁터에서는 무의미하다.

첫 싸움 때는 상대를 다치게 하는 것을 주저했던 내가 자신을 지키는 수단으로 사용했지만, 이번에는 싸움의 규모가 너무 다르다.

내가 치유해야 할 사람도 훨씬 많고, 커버해야 할 범위도 넓어졌다.

그런 와중에 쓸데없이 마력을 소비하는 치유 펀치를 쓸 수 있을 리가 없다.

"여행하면서 익힌 응용 기술은 쓸 거지만, 상대를 일부러 고치는 짓은 안 할 생각이에요. 제게도 흰옷으로서의 사명이 있으니까요."

"……그런가."

"치유 펀치를 쓰지 않아도 상대를 기절시킬 수 있고 말이죠. 그

부분은 괜찮을 거예요."

살벌한 여행을 겪으며 나도 많이 배웠다.

사룡 때는 세뇌당한 아르크 씨와, 사마리알에서는 페그니스 씨와, 히노모토에서는 나라를 지키는 수인 병사들과 싸우며 경험을 쌓았다.

지금의 나라면 치유마법을 쓰지 않고 상대를 기절시킬 수 있을 터다.

"생각했던 것보다 괜찮을 것 같군."

"……혹시 걱정해 주신 건가요?"

웃으며 로즈를 본 순간, 내 이마에 충격이 가해졌다.

갑작스러운 충격에 신음하자 로즈가 딱밤을 날린 자세로 웃었다.

"하! 걱정한 게 아니라 네가 멍청한 짓을 벌이지 않도록 못을 박은 거다."

"그렇다고 해서 딱밤을 날릴 필요는 없잖아요……."

"그 정도는 새삼 아무렇지도 않잖아?"

확실히 그렇게 아프지는 않았지만.

어깨에서 힘을 빼고 고개를 들자 평원 반대편에 있는 거점 전체가 보였다.

"……힘내야지."

많은 텐트와 화톳불의 빛, 점점이 보이는 사람 실루엣을 보고 나는 다시금 결의를 다졌다.

◈막간 또 하나의 사제 관계

　내가 아직 수습 병사였을 때.

　내 스승인 네로 아젠스와 그의 부하들과 함께 어떤 임무에 동행한 적이 있다.

　간단한 임무였을 터다.

　언젠가 부활할 마왕님을 위해 강력한 마물을 포획하여 새로운 수족을— 지금은 바르지나크라고 불리고 있는 마물을 만들어 내려고 우리는 인간의 영역에 발을 들였다.

　그때의 광경은 지금도 선명하게 눈에 새겨져 있다.

　후방에서 대기하라는 명령을 받았지만 이변을 느끼고 싸움이 벌어진 장소에 도착했을 때, 그곳은 그야말로 지옥이었다.

　난잡하게 베인 나무들.

　쓰러진 동포들과 인간들.

　그리고 자신의 검이 오른쪽 어깨에 박혀 나무에 고정된 스승님과 증오에 찬 눈으로 스승님을 노려보는 인간 여자.

　『죽이겠어, 죽여 버리겠어.』

　오른쪽 눈을 베이고 몸 곳곳에서 피가 났다. 평범한 인간이라면 의식조차 유지하지 못할 몸으로 여자는 땅을 기어 이미 의식을 거의 잃은 스승님의 숨통을 끊으려고 했다.

죽어 가고 있을 텐데도 그 눈은 확실하게 스승님만을 보고 있었다.

정말로 무서웠다.

나는 공포로 움츠러드는 몸을 필사적으로 움직여 스승님을 데리고 그 자리에서 도망쳤다.

마왕령으로 돌아가는 동안에도 줄곧 그 여자의 시선이 느껴져서 죽을 것만 같았다.

"어~이, 아미라."

"……."

싸움을 앞두고 과거를 떠올리고 있는데 제2군단장 코가가 방해했다.

내가 여전히 이 녀석 밑에 있는 것은 그편이 병사로서 움직이기 쉽기 때문이기도 하지만…… 무엇보다 나를 따르는 부하들에게 애착이 생겼기 때문이었다.

현재 우리 군대가 야영 중인 곳은 대하 근처에 있는 숲속이었다.

지난번 싸움 때는 강을 건너는 다리를 로즈가 부쉈었기에, 부하 몇 명을 데리고서 맞은편 강기슭을 감시하고 있었다.

"……하아, 왜 부르는데."

"아니, 회의에 갔었는데 그게 끝나서. 이야~ 역시 제3군단장은 잔인한 녀석이야."

"그렇기에 그녀는 나보다 더 군단장에 어울려."

새로 제3군단장이 된 한나 로미아는 우수했다.

나는 감정적으로 싸우는 것 말고는 능력이 없지만 그녀는 유연하면서도 교활하게 사고했다.

게다가 가지고 있는 마법도 후방 지원에 적합했다.

"그것 말고 또 할 말 있어?"

"네로 아저씨는 부관인 기레드 영감님한테 지휘를 맡기고 유격에 나선대."

"……그런가."

스승님이 싸울 때 어중간한 힘을 가진 자가 근처에 있으면 오히려 방해된다.

스승님이 단독으로 움직이는 것은 이상한 일이 아니지만, 짚이는 부분이 없지는 않았다.

"오, 호랑이도 제 말 하면 온다더니."

"응?"

코가의 말을 듣고 고개를 들어 그의 시선을 좇았다.

허리에 검을 찬 금발 마족— 스승님, 네로 아젠스가 강기슭 근처에 서 있는 것이 보였다.

뒤돌아 있어서 그 표정을 엿볼 수 없지만 지그시 강 너머를 응시하고 있었다.

"네 스승이잖아? 조금은 얘기하는 편이 낫지 않아?"

"……그래, 알고 있어."

스승님이 전선에 복귀한 뒤로 여태껏 말을 나누지 않았다.

진군 직전이라 바쁘기도 했지만, 단순히 지금의 스승님에게 무슨 말을 하면 좋을지 알 수 없었기 때문이다.

마왕령에 돌아오고 나서 스승님은 변해 버렸다.

자신의 마검에 입은 상처는 커서, 마왕님이 부활하신 뒤로도 싸울 수가 없어 요양할 수밖에 없었다.

그때의 스승님은 부하에게 죽음을 강요했다는 자책과 로즈와 싸우고 졌다는 패배감으로 예사롭지 않은 집념을 품고 있었다.

아마 지금도 그건 변함없을 것이다.

"코가, 이곳은 맡기겠어."

"허? 뭐? 군단장인 나한테 망을 보라는 거야? 잠깐만, 무시하지 마."

코가의 목소리를 무시하고 나는 스승님 곁으로 향했다.

칙칙해진 금색 머리카락, 오른쪽 어깨를 덮는 갑옷, 허리에 찬 마검― 그 모습을 선명하게 눈에 담은 나는 약간 긴장하며 말을 걸려고 했지만, 갑자기 스승님이 검을 뽑더니 가볍게 눈앞의 공간을 횡으로 벴다.

"……?!"

그 순간, 빨간 도신에서 생겨난 바람 칼날이 대하 너머에 있는 한층 높은 산으로 날아갔다.

몇 초 후, 그 산 한편에 있는 나무가 쓰러지며 흙먼지가 일었다.

난데없는 행동에 곤혹스러워하고 있으니 빨간 마검을 검집에 넣은 스승님이 산을 응시하며 말했다.

"다섯 명."

"예?"

"정찰병이다. 정보를 보내기 전에 처리했다. 의미가 있을지는 모르겠지만."

스승님의 말뜻을 이해한 순간, 소름이 돋았다.

스승님은 산속에서 정찰 중이던 인간을 처리한 것이다. 심지어 캄캄하여 제대로 보이지도 않는데.

스승님이 얼마나 규격을 벗어난 존재인지 새삼 이해했다.

"오랜만이구나. 아미라."

스승님의 실력에 놀라고 있으니 갑자기 그가 내 이름을 불렀다.

조금 뒤쪽에 멈춰 서자 이쪽으로 살짝 얼굴을 돌린 스승님이 미소 지었다.

"오랜만입니다. 스승님."

"스승님인가. 나를 아직 그렇게 불러 주는 건가."

자조적인 말에 놀랐다.

스승님은 예전과 딴판이 되어 있었다.

적어도 로즈와 싸우기 전의 스승님은 자신을 비하하는 말을 하지 않았다.

"당신은 제게 싸우는 법을 가르쳐 주신 스승님입니다. 그건 무슨 일이 있어도 변하지 않습니다."

"……너는 강해졌구나."

그렇게 감개무량하게 중얼거리고서 스승님은 다시 입을 다물었다.

나는 스승님의 심경을 짐작할 수 없다.

하지만 줄곧 묻고 싶은 것이 있었다.

"스승님은 로즈에게 원수를 갚으실 생각입니까?"

예전의 나처럼 로즈에게 설욕하시려는 걸까?

스승님의 원통함을 풀겠다는 일념으로 분노에 불탔던 나와 달리 스승님에게는 그럴 이유가 있을 터다.

스승님은 로즈와의 싸움으로 나를 제외한 부하들을 잃었으니까.

내 질문에 스승님은 작게 고개를 가로저었다.

"……아니, 내게 원수를 갚을 자격은 없어. 오히려 나는 속죄해야 해."

"속죄……?"

"그들에게…… 부하들에게 죽으라고 강요한 사람은 바로 나니까."

로즈의 부하를 길동무 삼아 동귀어진하도록 만들었다.

녀석들의 강함을 생각하면 나중에 위협이 될 것을 아셨으리라.

스승님의 판단이 옳았다고는 할 수 없지만, 로즈의 부하들이 그대로 살아남았다면 손쓸 수 없는 존재가 됐을 것은 명백했다.

"내 시간은 그날부터 멈춰 있어."

그 중얼거림에는 강한 감정이 담겨 있었다.

"이전의 나는 마족의 번영을 위해서라면 희생도 부득이하다고 생각했지. 하지만 로즈와 싸우고 패배한 뒤로 그 열의와 이상도 사라졌고…… 싸움을 추구하는 충동만이 남았다."

"그것 말고는 아무것도?"

"그래. 내 목적은 단 하나. 로즈와 싸우는 것뿐이야."

스승님은 과거에 사로잡혀 있었다.

로즈라는 전대미문의 강적과 마주하고 싸움에 굶주리게 된 것이다.

여기 있는 모두가 마왕님을 위해, 마족 전체의 생존을 위해 싸우고 있을 텐데— 스승님만큼은 현재가 아니라 과거를 보며 싸우고 있었다.

"지금 로즈는 싸우지 않는 건가?"

갑작스러운 질문에 놀라며 대답했다.

"……네. 치유마법사로서 전장을 달리며 다친 병사를 고치고 있습니다."

"그녀는 죽이는 것이 아니라 구하는 길을 택했나."

그렇게 중얼거린 스승님의 표정을 엿볼 수는 없었으나, 뭔가 생각하는 바가 있다는 건 알 수 있었다.

스승님은 10초 정도 침묵했다가 마침내 입을 열었다.

"그렇다면 상당히 귀찮은 존재겠지."

"네, 정말 그렇습니다. 지난번 싸움에서는 녀석의 제자까지 어디선가 솟아나서. 가뜩이나 두 용사 때문에 애를 먹었는데……."

우사토라고 불렸던 치유마법사와 두 용사를 떠올리고, 스승님 앞인데도 불구하고 푸념하고 말았다.

"제자? 치유마법사인가……?"

"네. 틀림없이 로즈와 똑같은 종류의 치유마법사입니다."

"실력은?"

"적어도 코가와 비길 정도는 됩니다."

엄밀히 말하자면 코가에게도 여력이 있었지만, 잠깐이나마 기절하게 만든 것만 봐도 그건 제대로 된 치유마법사가 아니었다.

히노모토에서 감옥에 갇혀 있던 모습을 봤을 때는 평범한 소년 같았지만 그 눈에서는 강한 의지가 느껴졌었다.

"……그렇군."

내 이야기를 듣고 조용히 고개를 끄덕인 스승님은 그대로 입을 다물어 버렸다.

로즈의 제자 이야기를 듣고 뭔가를 느끼셨으리라.

어쨌든 스승님에게 이번 진군은 과거와의 싸움이기도 할 것이다.

내게는…… 마왕님, 더 나아가 마족을 위한 싸움이기도 했다.

🌸제8화 시작된 싸움! 구명단 시동!!

링글, 사마리알, 니르바르나, 캄헤리오가 모인 4왕국 연합군.

각 나라의 갑옷을 입은 기사의 선두에 각 부대의 대장이 있었고, 거기 있는 모두가 조용히 투지를 불태우고 있었다.

무기를 장비한 보병 부대, 말을 탄 기마 부대, 활을 든 궁수 부대 등 보직별로 나뉘어 정렬한 가운데, 용사인 나와 카즈키 군은 평원 너머를 응시하고 있었다.

"처음 싸웠을 때와 똑같은 광경이네."

"그때와는 모든 게 달라졌지만요."

곧 있으면 마왕군이 온다.

하지만 우리도 가만히 기다리고만 있지는 않았다.

주요 나라에 협력을 청하고 루크비스에서 회담을 열었다. 할 수 있는 일은 전부 했다.

"⋯⋯우사토 군을 만나고 올 걸 그랬어."

"어차피 후회할 거, 그냥 부딪치면 될 텐데."

"나한테 그게 가능할 것 같아? 나인데?"

"자신만만하게 할 말은 아니야⋯⋯."

카즈키 군의 뒤에 있는 프라나에게 대답했지만 어이없어하는 말이 돌아왔다.

"이대로는 죽어도 온전히 죽지 못해……!"

"살아서 돌아가면 언제든 만날 수 있어요."

카즈키 군은 다소 중후한 갑옷을, 나는 움직임을 방해하지 않는 경장 갑옷을 입고 있었다.

큰 부분은 지난번과 다르지 않지만, 사마리알의 마도구 제작 기술로 온갖 부분의 급이 올라갔다.

우사토 군에게 자랑하고 싶었지만 이제는 너무 늦었겠지.

"이번에는 실수할 수 없어. 카즈키 군."

"알고 있어요. 또 우사토에게 도움을 받을 수는 없으니까요."

우사토 군은 어쩌고 있을까?

지금쯤 구명단의 부단장으로서 단원들과 함께 싸움이 시작되기를 기다리고 있을지도 모른다.

그는 우리와 비슷하게…… 아니, 우리보다 위험한 곳에 가야 한다.

그것이 그가 선택한 길이고 구명단원으로서의 역할이기도 하니까.

그래도 우사토 군이 무사했으면 좋겠다.

다치지도 않았으면 좋겠고, 위험한 일도 안 했으면 좋겠다.

"스즈네, 저거……."

"응?"

프라나의 시선이 향한 곳을 보니 중후한 갑옷을 입고 전투 준비를 갖춘 시구르스가 거점에서 모습을 드러냈다.

그 자리에 있는 기사들의 시선을 받으며 시구르스는 전군을 둘러볼 수 있는 망루 위에 섰다.

그것만으로도 술렁거리던 4왕국 군대가 조용해지며 정적에 휩싸였다.

"나는 이번 싸움의 지휘를 맡은 링글 왕국 군단장, 시구르스다! 동지 제군! 지금부터 마왕군과의 싸움이 시작된다!!"

마도구도 쓰지 않았을 텐데 시구르스의 목소리는 놀랍도록 또렷하게 울렸다.

그 자리에 있는 모든 사람의 시선을 한 몸에 받으면서도 시구르스는 당당하게 더욱 목소리를 높였다.

"우리의 적은 마족! 마물과 함께 하늘을 날며 땅을 달린다! 인간을 웃도는 힘과 마력을 가진 무서운 상대다!"

종족의 차이는 크다.

수인만큼 차이가 크지는 않지만, 마족은 튼튼함도 신체 능력도 인간과 다르다.

싸움에 익숙하지 않은 사마리알과 캄헤리오의 병사들은 불안한 얼굴로 시구르스를 올려다보았다.

"그러나! 마족보다 인간이 못하지는 않다! 우리에게는 단결하는 힘이 있다! 서로를 돕고 생각해 줄 수 있는 동료가 있다! 지금 이곳에 모인 네 왕국의 전사들이 그 증거다!"

그 우렁찬 말은 이곳에 있는 모든 사람의 마음에 전달되어 힘을 줬다.

불안한 표정을 지었던 자도, 싸움을 두려워하던 자도, 어느새 고무하는 말에 귀를 기울이고 있었다.

"우리가 여기서 지면 대륙에 사는 무고한 백성이 위험해진다! 그것만큼은 절대 있어선 안 된다! 우리가 여기서 마족의 진군을 막는다!"

그 목소리를 계기로 병사들이 함성을 질렀다.

공기가 진동했다.

전의가 열기가 되어 전달되었다.

병사들의 사기가 최고조에 달함과 동시에 평원 쪽에서 찌르는 듯한 기운이 느껴졌다.

"선배."

"그래. 각오해야겠지."

돌아보니 온통 초록빛인 평원이 시야에 잡혔다.

공기의 이변을 느낀 순간— 평원의 언덕 안쪽에서 검은 새 같은 뭔가가 하늘로 날아올랐다.

아마코가 예지로 알려 준 비룡이었다.

마족을 등에 태운 비룡 대군이 하늘로 날아오르는 가운데, 지상에서도 마족과 그를 따르는 마물들이 모습을 드러내 우리가 있는 거점으로 왔다.

그것을 냉정하게 응시한 시구르스는 허리에서 검을 뽑아 칼끝으로 마왕군을 겨눴다.

"지금이야말로 우리의 운명을 결정할 때! 전군, 전투 준비!!"

""""우오오오오오!!""""

나도 검을 뽑고 온몸에 전격 마력을 휘감았다.

카즈키 군은 손바닥에 빛의 구체를 띄웠고, 프라나는 단검에 연기처럼 일렁이는 보라색 마력을 띄웠다.

싸울 각오는 되어 있다.

그 각오를 가슴에 품고서 선두로 달려 용사로서 동료를 이끌 뿐
이다.

***

시구르스 씨의 연설이 한창인 와중에 나와 로즈는 검은 옷인 험
상궂은 면상들과 페름, 그리고 블루링을 배웅하고 있었다.

그들은 싸움이 시작된 직후에 전장을 달려야 하기에 전할 말은
지금 전해 둬야 했다.

"블루링. 조심해."

"크릉."

블루링의 양쪽 뺨을 잡고 눈을 맞췄다.

블루링은 함께 싸우며 여행한 파트너다. 얼마나 강한지는 내가
제일 잘 안다.

"너라면 걱정하지 않아도 된다는 건 알아. 하지만 위험할 때는……
몸통박치기를 먹여서 날려 버려. 내가 네아의 마술로 움직이지 못
하게 됐을 때 그랬던 것처럼 말이야."

"크릉……?"

"괜찮아. 힘껏 밀쳐 버려."

"너, 그거 조언이랍시고 하는 거야……?"

옆에 있던 페름이 질색하며 중얼거렸다.

페름은 후드로 머리를 푹 덮고 검은 옷으로서 출동 준비를 마친 상태였다.

"페름, 블루링을 부탁해. 그리고 너도 조심해."

"……그래. 맡겨 둬."

그러자 밖에서 들려오는 소리가 함성으로 바뀌었다.

바로 근처에 있던 로즈가 그쪽으로 시선을 향했다.

"시작된 모양이군."

기사들의 함성에 섞여 마물들의 울음소리가 들렸다.

"하는 일은 지난번과 같아. 너희는 부상자를 이곳으로 옮긴다. 알고 있겠지?"

""""""예이!""""""

로즈의 말에 옆으로 쭉 늘어선 험상궂은 면상들이 힘차게 대답했다.

"지난번과는 규모가 다르지만 행동할 범위가 조금 넓어졌을 뿐이야. 그 정도에 나가떨어지는 연약한 녀석은 여기 없을 테지. 우사토, 너도 부단장으로서 한마디 해라."

로즈가 그렇게 말해서 나는 헛기침했다.

지금부터 싸우러 갈 그들에게 나도 부단장으로서 말을 전하자.

"마물보다 마물 같은 너희가 죽지는 않겠지만, 만약 죽으면 후려쳐서라도 다시 데려올 테니 각오해 둬."

심각한 분위기는 우리에게 어울리지 않는다.

말할 거면 평소와 다름없는 빈정거림이 제격이다.

험상궂은 면상들도 그걸 이해하는지 얄밉게 웃었다.

페름이 나와 험상궂은 면상들을 보고 질색했지만 그건 신경 쓰지 말자.

우리의 모습을 지켜본 로즈는 검은 옷들과 블루링을 둘러보았다.

"말은 충분히 나눈 것 같군. 자, 날뛰고 와라! 하찮은 애완동물을 데려오고 우쭐해진 마족들로부터 부상자를 납치하여 척척 구해 와!!"

"""""우오오오오오!!"""""

"크아아아아!"

"어, 잠깐만?! 같이 가!"

검은 옷들과 블루링이 함성을 지르며 달려 나갔다.

타이밍을 놓쳤는지 페름도 뒤늦게 허둥지둥 따라갔다.

그들이 달려가는 모습을 확실하게 지켜본 후, 기합을 넣기 위해 자신의 뺨을 때린 나는 로즈와 함께 초반 활동 장소가 될 텐트로 향했다.

"예상보다 전투가 격렬한 모양이야. 당장 올가 곁으로 간다."

"네!"

텐트 입구에 도착하니 우리 치유마법사를 호위해 주는 링글 왕국의 기사, 아르크 씨가 있었다.

"여기 와 주셔서 아주 든든해요. 아르크 씨."

이곳은 아르크 씨와 그의 동료 기사들이 지켜 준다.

아르크 씨는 가슴에 주먹을 대고서 여행할 때와 다름없는 믿음직한 모습을 보여 줬다.

"상대가 누구든 반드시 이곳을 지켜 내겠습니다!"

"올가 씨와 다른 사람들을 잘 부탁드려요!"

"맡겨 주십시오!"

아르크 씨와 짧게 말을 나눈 후, 로즈와 함께 텐트에 발을 들였다.

텐트 안에는 인간 모습인 네아, 올가 씨, 우루루 씨, 그리고 우리의 활동을 도와줄 사람들이 대기 중이었다.

"우사토가 미리 설명해 줘서 알고 있겠지만, 너희는 검은 옷이 데려오는 부상자를 고치는 게 주된 일이다. 우리의 역할은 부상자를 구하는 거지만, 구해야 할 생명에 너희 자신도 포함된다는 걸 잊지 마라."

"""네!"""

"좋아, 그럼 각자 자기 위치에서 대기다."

로즈의 지시를 따라 일행은 각자의 위치로 이동했다.

물론 나도 치유마법사로서 부상자를 치유하기 위해 검은 옷들이 오기를 기다린다.

그러자 네아가 내 옆으로 왔다.

"이제 막 시작됐으니 그렇게 각 잡고 있을 필요는 없지 않아?"

"안일한 생각이야, 네아."

"엥?"

네아가 고개를 갸웃한 순간, 텐트 입구로 검은 실루엣이 뛰어 들어왔다.

검은 실루엣의 정체— 통이 다친 기사를 세 명 업고서 호통치듯 외쳤다.

"부상자를 데려왔다—!"

"……너무 빠르지 않아?"

"그만큼 격렬한 싸움이 벌어지고 있다는 거지."

그러자 이어서 굴드가 부상자를 업고 왔다.

굴드의 생김새 때문에 마물에게 납치당한 것처럼 보이지만, 그래도 굴드는 부상자를 격려하기 위해 말을 건넸다.

"헤헤, 걱정하지 마. 부단장한테 걸리면 아픔 따위 금세 사라질 테니까."

"히이익?!"

물론 선의로 한 말일 것이다.

업혀 있는 캄헤리오의 여기사는 진짜로 비명을 지르고 있지만.

태클 걸고 싶은 충동을 억누르며 속속 실려 오는 부상자를 삼베에 눕히고 치유마법을 베풀었다.

"걱정하지 마세요. 지금 치유마법으로 고칠게요."

"네가 구명단의 치유마법사……."

"네. 무리하지 않는 범위여도 상관없으니 밖에서 어떤 싸움이 벌어지고 있는지 가르쳐 주시겠어요?"

전황을 미리 알아 두자 싶어서 치유마법을 베풀며 기사님께 질문했다.

통증이 완화되었는지 많이 진정된 기사님이 조금 전에 전장에서 본 광경을 가르쳐 줬다.

"커다란 뱀 같은 마물과 하늘을 나는 드래곤 비슷한 마물에게 많은 사람이 당하고 있었어⋯⋯."

커다란 뱀⋯⋯ 이전 싸움에서 마왕군이 데려왔던 뱀을 말하는 걸까.

그 녀석은 독을 사용해서 성가시다.

대화하는 사이에 기사님의 상처를 다 고쳤다.

실려 오는 사람이 예상보다 많았다. 즉, 그만큼 부상자가 속출하고 있다는 뜻이었다.

아직 마력은 여유롭지만, 검은 옷이 잇따라 데려오는 부상자를 보니 불안해졌다.

⋯⋯나와 로즈가 이곳에서 빠져도 정말 괜찮을까?

"우사토 님, 이쪽 분을 부탁드립니다! 심하게 다쳤습니다!"

"웃, 알겠어요!"

그 목소리에 정신을 차린 나는 즉각 부상자 곁으로 달려가 치유 마법을 베풀었다.

"이제 괜찮아요. 금방 고쳐 드릴게요."

"고, 고마워⋯⋯."

내 손을 잡은 기사의 손을 맞잡으며 안심할 수 있게 웃었다.

쓸데없는 생각을 할 여유는 없다.

싸움은 이제 막 시작됐다.

험상궂은 면상들도 발을 멈추지 않고 계속해서 부상자를 데려오고 있었다.

여기 있는 사람들은 물론이고, 네아도 천과 붕대 등을 이용해 응급 처치를 해 주고 있었다.

내가 이 세계에서 함양한 모든 능력을 활용해 눈앞의 시련에 맞서야 했다.

* * *

싸움이 시작된 뒤로 우리 치유마법사는 쉴 새 없이 부상자 대처에 쫓겼다.

보조해 주는 사람들이 있어서 정말로 다행이었다.

도구를 이용한 응급 처치, 그리고 검은 옷과 비슷한 역할을 하는 구호병의 지원으로 우리 치유마법사의 부담이 크게 경감되었다.

문제가 있다면 검은 옷들의 조치가 조잡한 것 정도였다.

바로 지금처럼—.

"통! 소독액을 대충 뿌리지 말라고 했잖아! 수가 한정되어 있다고. 이 대머리야!"

"눼에, 눼에, 죄송하게 됐네요! 그럼 뒷일은 맡기겠습니다~! 부단장님!"

대머리가 부르는 부단장이라는 호칭에 약간의 도발이 담겨 있음을 느끼고 욱했다.

이마에 핏대를 세우며 이번에는 굴드에게 주의를 줬다.

"거기 고블린! 말할 때는 평범한 얼굴로 말해! 부상자한테 겁주지 마!"

"원래부터 이렇게 생겨 먹었거든! 개자식아!"

그렇게 외치며 다음 부상자를 찾으러 가는 굴드를 배웅했다.

나도 고함만 치지 말고 손을 움직여야지.

나란히 눕혀진 두 기사를 치료하고 있으니 텐트에 페름과 블루링이 뛰어 들어왔다.

블루링의 등에는 부상자 네 명이 벨트로 고정되어 있었고, 페름은 등에 한 명을 업고 양팔에 두 명을 안고 있었다.

살짝 숨을 몰아쉬며 이쪽으로 다가온 페름은 어둠마법으로 고정했던 세 기사를 바닥에 내렸다.

"데려왔어……!"

"괜찮아? 다치진 않았어?"

"……걱정 안 해도 돼. 아무 데도 안 다쳤어."

블루링의 등에 벨트로 고정된 네 기사를 네아와 함께 내리며, 지친 모습인 페름을 살폈다.

블루링은 아직 쌩쌩한지 자신만만하게 콧김을 내뿜고 있었다.

"페름, 역시 동료였던 사람들을 상대하는 건 괴로워?"

"아니. 그저 성가실 뿐이야. ……다음 녀석을 데려올게."

그렇게 퉁명스럽게 말하고서 페름은 밖으로 달려갔다.

페름을 신경 써 달라고 블루링에게 눈짓하고 나서 부상자 치료에 전념했다.

수없이 치료해도 부상자 수는 줄어들 기미가 안 보였다.

치료받은 기사가 다시 전선으로 복귀할 때마다 교대하듯 부상자가 실려 오니 어쩔 수 없는 일이지만, 이번 싸움이 얼마나 격렬한지 새삼 통감했다.

"도와줄게. 우사토 군."

"우루루 씨…… 감사합니다."

"이럴 때야말로 서로 도와야지. 아까 치료한 기사님한테 얘기를 들었는데, 현재 전황은 막상막하인 것 같아."

"그런가요……."

"하지만 아직 군단장급 마족은 안 나왔대. 커다란 뱀 마물은 여러 마리 있는 모양이지만, 마족 측도 아직 주력을 내보내지 않았나 봐."

그 뱀이 한 마리가 아닌 것도 힘든데, 아직 코가 같은 군단장이 나오지 않았다니 불안하다.

아마 군단장급 실력을 가진 아미라라는 마족도 나오지 않았을 테고, 앞으로 전황이 어떻게 움직일지 전혀 예상이 가지 않았다.

"그리고…… 신경 쓰이는 얘기를 하나 들었어."

"신경 쓰이는 얘기요?"

"한 기사가 아군에게 공격받아서 다쳤대……."

"아군에게 공격을? 잘못해서 칼에 맞은 게 아니라요?"

"응. 얘기해 준 기사님 말로는 어릴 때부터 친구였던 사람이 돌변한 것처럼 달려들었대."

혹시 뭔가에 조종당했나?

전장에서 착란 상태에 빠졌을 수도 있지만, 마족 측에 사람을 조종하는 마법을 가진 마족이나 마물이 있을 최악의 가능성도 생각할 수 있었다.

만약 그렇다면 마족 측은 인간들을 조종해서 자중지란을 일으키고 있다는 뜻이다.

"성가시네……."

그때, 전장 쪽에서 커다란 함성이 울렸다.

그에 대답하듯 셀 수 없이 많은 마물의 소리가 뒤이어 들렸다.

그 소리를 듣고 즉각 로즈를 보니 그녀는 이미 치료를 끝낸 기사에게서 손을 떼고 소리가 난 방향을 올려다보고 있었다.

"우사토."

로즈의 그 한마디를 듣고 무엇을 말하고자 하는지 바로 헤아릴 수 있었다.

우리는 이제부터 흰색 옷으로서 전장을 달리며 아군을 구하러 간다.

로즈에게 고개를 끄덕이고 자리에서 일어나자 우루루 씨가 불안해하는 눈으로 올려다보았다.

"우사토 군…… 죽지 마."

"네. 그럼 다녀오겠습니다!"

나는 로즈를 따라 텐트 입구로 걸어갔다.

올빼미로 변신한 네아가 뒤에서 날아와 내 어깨에 앉았다.

"미안. 이런 곳까지 데려와 버렸네."

"뭘 새삼스레. 그리고 나는 네 사역마니까 안 따라가는 게 더 부자연스러워."

네아의 정체를 알았을 때는 이렇게 서로를 믿을 수 있는 관계가 될 줄은 생각도 못 했다.

내 순정을 가지고 놀고, 사룡을 되살리는 등 이런저런 짓을 저지른 탓에 인상은 최악이었다.

하지만 함께 여행하고 난 지금은 등— 이라고 할까, 어깨를 맡길 수 있을 만큼 믿음직한 동료다.

"네가 있어서 다행이야. 고마워."

감사의 말을 건네니 네아는 의기양양해졌다.

네아와 함께 텐트를 나서자 호위해 주는 아르크 씨와 눈이 마주쳤다.

아르크 씨는 아주 강하고 믿음직스러운 사람이었다.

가까운 어른으로서 가족처럼 상담해 줬던 아르크 씨가 있었기에, 불안하기만 했던 여행을 극복할 수 있었다.

그러니 안심하고 이곳을 맡기고서 앞으로 갈 수 있다.

말없이 시선을 나누고 고개를 끄덕인 후, 로즈와 함께 전장으로 향했다.

"이로써 두 번째군."

"네?"

로즈의 말에 고개를 갸웃했다.

"너와 전장을 달리는 게 이로써 두 번째라고."

"……그러네요. 싸움 같은 건 일어나지 않는 편이 좋았지만 말이죠."

"하! 맞는 말이야. 하지만 시작되고 말았으니 우리는 해야 할 일을 해야 해."

"물론 그건 알고 있어요."

우리가 전장을 바라지 않아도 마왕군은 가차 없이 습격해 온다.

그걸 가만히 보고 있을 수는 없다.

"단장님. 지금 말해 둘게요."

"뭘?"

"네로 아젠스와 만나면 같이 죽을 생각 같은 건 하지도 마세요."

"……뭐?"

어안이 벙벙해진 로즈의 표정. 처음 본 것 같다.

하지만 나는 지극히 진지하게 말하고 있기에 놀리지 않을 거다.

"자기희생 정신 따위 필요 없다고 저한테 실컷 말했던 단장님이 설마 그런 짓을 하지 않으리라는 건 알지만, 일단 말해 두자 싶어서요. 애초에 단장님이 죽을 거라는 생각은 조금도 안 하고요."

"빠르게 변명할 거면 처음부터 말을 안 하면 될 텐데……."

네아가 어이없어하며 중얼거렸지만 이 말만큼은 해 두고 싶었어……!

뭐랄까, 말하지 않으면 로즈는 정말로 행동에 나설 것 같았다.

나한테 그렇게나 단단히 일러두고서 자기 혼자 안 지키는 건 비겁하다.

"……홋."

픽 웃은 로즈를 보고 나는 언제 딱밤이 날아와도 괜찮도록 몸을 긴장시켰다.

하지만 예상외로 충격은 없었다.

그 대신 로즈는 내 머리에 손을 얹고 마구 쓰다듬었다.

"으악?!"

"넌 바보냐. 왜 내가 그딴 재수 없는 마족을 위해 목숨을 바쳐야 해?"

"그, 그렇죠!"

"내 목숨을 걸 필요는 없어. 그 전에 날려 버리면 그만이야."

굉장히 터무니없는 말이지만 로즈가 하니 설득력이 있었다.

애초에 내 걱정 자체가 엉뚱한 걱정이었으리라.

로즈의 반응에 더할 나위 없이 안심한 나는 다시 앞으로 고개를 돌렸다.

"여기서부터는 따로 행동한다."

"네."

나는 묘하게 침착했다.

두 번째 싸움이라서 그렇기도 하지만, 무엇보다 옆에 스승인 로즈가 있으니까.

"죽지 마. 만약 죽으면—."

"후려쳐서 깨워 주실 거죠?"

"정말로 너는 건방져."

나도 호흡을 가다듬고 언제든 움직일 수 있게 발에 힘을 줬다.

"준비는 됐나?"

"언제든 움직일 수 있어요."

"나도 각오는 되어 있어."

나와 네아의 말을 확인한 로즈는 그대로 속도를 내서 달리기 시작했다.

그 모습에 자극받은 것처럼 내 다리도 앞으로 나아갔다.

"가자! 우사토!"

"네!"

전장의 풍경이 시야에 잡혔다.

나와 다른 방향으로 간 로즈의 모습은 이미 보이지 않았다.

로즈가 있던 옆을 한 번 보고서 앞으로 고개를 돌린 나는 발을 멈추지 않고 기사들 사이를 누비며 전장을 나아갔다.

"우사토 님, 무운을 빕니다!"

"조심해!"

"네!"

스쳐 지나가는 나를 보고 격려하는 목소리.

그 성원에 기운을 얻다가 하늘을 나는 비룡을 발견했다.

"저게 비룡인가……! 생각보다 커!"

가까이에서 본 실제 비룡은 말보다 두 배쯤 컸다.

화염을 토하는 그 모습은 판타지에 자주 나오는 비룡과 그다지 다르지 않은 듯했다.

하늘을 확인하다 보니 금세 전선 부근에 도달했다.

전선은 적과 아군이 뒤섞여 있었고, 척 보기에도 흉포한 마물이 아군을 덮치고 있었다.

『으르르릉!』

『젠장, 이 자식!』

그리 멀지 않은 곳에서 다리를 다쳐 움직이지 못하는 니르바르나 왕국의 전사에게 빨간 늑대가 달려들려고 하는 모습이 보였다.

"그로우 울프?! 저렇게 위험한 마물을 데려오다니⋯⋯!"

네아가 놀라서 외쳤다.

전사는 어떻게든 창의 손잡이로 그로우 울프의 이빨을 막고 있지만, 그런 그를 끝장내려고 마왕군 병사가 무기를 치켜들고서 다가오고 있었다.

한눈에 상황을 파악한 나는 손바닥에 마력탄을 만들어 냈다.

"네아, 마술 사용은 네 판단에 맡길게!"

"알겠어!"

단숨에 가속한 나는 그 기세를 몰아 전사에게 달려든 그로우 울프의 옆구리에 구속 주술이 담긴 발차기를 먹여서 날려 버렸다.

2미터쯤 되는 커다란 늑대였지만 불의의 일격을 버틸 수 없었는지 그대로 기절했다.

그것을 확인한 나는 다쳐서 움직이지 못하는 니르바르나의 전사에게 치유마법탄을 날려서 움직일 수 있을 만큼 상처를 고쳤다.

"아니, 너는⋯⋯?!"

"움직이실 수 있겠어요?"

"그, 그게 다리를 다쳐서…… 응? 나았어?! 어, 어느새……."

다리의 통증이 가신 것에 니르바르나의 전사와 그 동료들이 놀랐다.

내 존재를 알아차린 마족 병사 한 명이 동요하며 나를 가리켰다.

"하얀 옷을 입은 치유마법사다! 이 녀석들을 고치기 전에 처리해!"

마족 병사들의 발밑에는 아직 살아 있는 니르바르나의 전사들이 쓰러져 있었다.

"그렇게는 못 할걸!"

"마, 마법으로 대처하는 거다! 최우선으로 제거해!"

일제히 날아온 마법을 건틀릿으로 쳐 내며 제일 가까이 있던 마족 병사들의 턱에 연속으로 주먹을 때려 박았다.

"─어?"

마족 병사 한 명이 망연한 목소리를 냈다.

털썩 무릎 꿇고 쓰러진 병사에게는 눈길도 주지 않고 옆에 있는 병사의 관자놀이를 바탕손으로 때렸다.

"어윽?!"

기절한 것을 확인하고 나서 다친 전사를 치료했다.

"좋아, 바로 데리고…… 응?!"

그들을 안으려고 했을 때, 내 이마를 향해 날아오는 화살을 알아차리고 순간적으로 그것을 잡았다.

"큰일 날 뻔했네. 화살이잖아."

"보통은 무사하지 못할 공격이었던 것 같은데……."

화살이 날아온 방향을 노려보자 마족이 믿을 수 없다는 얼굴로 손에서 활을 떨어뜨렸다.

"이, 인간이 아니야⋯⋯?!"

"⋯⋯."

"오, 오지 마! 으, 으아아아아!"

왜 공포 영화에서 괴물과 맞닥뜨렸을 때처럼 반응하는 걸까?

일순 그런 의문이 들었으나 손날로 마족을 기절시켰다.

그 후, 쓰러진 전사들을 바로 치료하고서 다른 장소로 향했다.

"멈춰 서 있을 여유는 없어! 이대로 계속해서 구하겠어!"

"응!"

자신을 타이르듯 그렇게 외친 나는 힘껏 땅을 밟고서 전장을 달려 나갔다.

제9화 조우! 최강의 마검사 네로 아젠스!!

우사토 님이 전장으로 가셨다.

로즈 님과 어깨를 나란히 한 그 뒷모습은 지난번 싸움 때와 똑같은 것 같으면서도 전혀 달랐다.

커다란 사명을 짊어진 힘 있는 등.

로즈 님 못지않은 힘을 갖추고서 전장으로 향하는 우사토 님을 보고, 나도 내 사명을 다하자고 의지를 다졌다.

"정신 바짝 차려야지."

내 사명은 구명단 텐트를 지키는 것.

구명단은 이번 싸움에서도 중요한 역할을 맡고 있다.

"아르크, 들었어?"

"뭘 말이야?"

함께 이곳을 지키는 동료의 목소리에 반응했다.

"우리 편에서 배신이 일어나고 있는 것 같아."

"배신……?"

"아까 복귀해서 전선으로 돌아간 녀석들에 들었는데, 갑자기 아군에게 공격받았대."

네아처럼 사람을 조종하는 마물이 있는 건가?

아니, 전장 한복판에서 빈틈을 드러내며 흡혈귀처럼 피를 빨 수 있을 리가 없다. 그렇다면 마법일까?

"아무튼 조심해야 해. 상대는 마왕군이야. 어떤 수법을 써도 이상하지 않아."

"그래. 마음에 새겨 둘게."

동료의 말을 확실하게 새기고 있으니 앞에 있는 문— 주로 구명단의 검은 옷들이 이용하는 곳으로 피투성이가 된 캄헤리오 왕국의 기사가 들어왔다.

"어, 어이. 저 녀석 괜찮은 거야?"

"밖에 있는 기사는 뭘 하고 있는 거지……?"

갑옷이 새빨갛게 물든 그 기사는 비틀비틀 이쪽으로 걸어왔다.

나와 동료는 어떻게 봐도 위험해 보이는 기사에게 즉각 달려갔지만, 순간적으로 위화감이 들어서 발을 멈췄다.

"아니, 잠깐 기다려."

"기다리라니, 저 녀석 어떻게 봐도 크게 다쳤잖아! 내버려 두면 죽을 거야!"

동요하는 동료를 제지하고 기사의 몸을 주시했다.

외관은 피투성이. 다친 것처럼 보인다.

하지만 뭔가가 이상했다.

기사의 눈이 멍한 것은 다쳐서 그렇다고 설명할 수 있다.

하지만 피는 어디서 흘리고 있지?

기사의 몸은 피로 더럽지만 갑옷 아래에 입은 옷에는 아무런 상처도 구멍도 없었다.

나는 허리에 찬 검에 오른손을 올리면서 기사와 거리를 뒀다.

"하나 질문해도 되겠습니까?"

"이봐, 아르크……?"

동료가 의아하게 쳐다봤지만 우선 확인해야 했다.

내 목소리에 피투성이 기사는 반응하지 않았다.

"……실례지만 어디를 다쳤는지 가르쳐 주시겠습니까? 그래야 치료할 수 있습니다."

냉정해질수록 기사의 이질적인 부분이 보였다.

먼저 이렇게 많은 피를 흘리고서 여기까지 걸어올 수 있을 리가 없고, 애초에 의식도 유지할 수 없을 터다.

"치유, 마법……사."

남자는 쉰 목소리로 그렇게 대답했다.

"네. 치유마법사를 불러서 빨리 치료받고 싶은 심정은 이해합니다. 하지만 우선은 어디를 다쳤는지 가르쳐 주시길 바랍니다. 가르쳐 주시지 않는다면 이 앞으로는 보낼 수 없습니다."

"마법…… 치유……사, 마법"

"……"

"치유마법사를, 내놔."

"아르크, 이 녀석은……."

헛소리를 내뱉듯 치유마법사라고 중얼거리는 기사를 보고 동료도 이상함을 알아차렸는지 허리에 찬 검을 잡았지만 나는 그에게 기다리라고 했다.

여기서 소동을 일으키면 뒤쪽 텐트 안에 있는 사람들이 휘말린다. 포박할 거면 다른 곳으로 이동한 다음에―.

"부상자인가요?!"

뒤에서 목소리가 들렸다.

우사토 님의 동료인 우루루 님이 텐트 입구로 얼굴을 내밀고 있었다.

남자가 눈을 번뜩이며 우루루 님을 보았지만, 그것을 눈치채지 못했는지 그녀는 분주하게 손짓하며 남자를 불렀다.

"다치셨으면 어서 이쪽으로! 치유마법으로 바로 고쳐 드릴 테니―."

치유마법이라는 말을 들은 순간, 기사의 오른팔이 등으로 가는 것을 나는 놓치지 않았다.

나는 칼자루 끝부분으로 그 손목을 때리고 그대로 구속했다.

짐승처럼 으르렁거리며 날뛰는 기사를 동료와 함께 밧줄로 묶으며 습격당할 뻔한 우루루 님을 보니 그녀는 당황하며 나와 부상자를 번갈아 보고 있었다.

"아픈 건 이해하지만 진정하세요!"

에잇, 배짱이 두둑한 건 우사토 님과 똑같네!

"우루루 님, 당장 텐트로 돌아가 주십시오! 이자는 혼란에 빠져 있습니다!"

"앗, 네!"

우루루 님이 텐트에 돌아간 것을 확인한 후, 묶인 채로 버둥거리는 기사가 다쳤는지 살폈지만 상처는 어디에도 보이지 않았다.

"이건 다른 사람의 피인가."

"잔혹하네. 돌발적인 배신행위인가?"

"아니, 틀렸어."

얼굴을 가까이 가져가 기사의 눈을 들여다보았다.

원래는 파란색 눈이었을 테지만, 보라색 마력이 눈동자의 가장자리를 덮고서 일렁이고 있었다.

하지만 그것도 약해지고 있는지, 그 일렁임이 사라진 순간, 기사의 몸에서 힘이 빠지며 그대로 기절해 버렸다.

"지금 당장 시구르스 군단장님께 이 정보를 전달해 줘. 상대는 우리를 마법으로 조종해서 자중지란을 일으키고 있어. 그리고 그 마법을 쓰는 자는 치유마법사가 활동하는 이곳을 노리고 있어."

"큭, 그렇게 된 건가⋯⋯!"

또 다른 동료가 급히 시구르스 군단장님께 정보를 전달하러 간 사이에 나는 대책을 생각했다.

일단은 부상자를 데려오는 검은 옷들에게 경고해야 한다.

그들은 상당한 빈도로 이곳을 지나가니 바로 전할 수 있다.

"하지만 만약 조종당한 자가 쓰러진 부상자로 위장하여 텐트에 실려 온다면⋯⋯."

조금 전의 기사를 조종했던 자는 명확하게 이곳을 노렸다.

상대는 주저하지 않고 자중지란을 일으키는 자다. 구명단의 양심을 이용하더라도 이상하지는 않았다.

"지금 할 수 있는 일을 해야겠지."

완전한 대책을 세우기는 어렵지만 예방선을 칠 수는 있을 터다.

나는 이곳에 있는 호위에게 들리도록 목소리를 높였다.

"마왕군에게 조종당한 자가 이곳에서 우리를 위해 애쓰고 있는 구명단을 해하려고 한다! 따라서 그들을 지키기 위해 바깥뿐만 아니라 텐트 안에도 호위를 배치한다!"

내 말에 동료가 고개를 끄덕인 것을 확인하고 신속하게 재배치시킬 장소를 정했다.

내 자리로 돌아온 나는 싸움이 펼쳐지고 있는 전장을 응시했다.

"절대로 손대게 두지 않겠어."

분명 지금도 우사토 님은 다친 사람을 위해 싸우고 있을 것이다.

그가 돌아올 장소를 피로 더럽힐 수는 없다.

***

전장에 나선 뒤로 쉬지 않고 뛰어다니며 부상자를 치유하던 나는 쓰러져 있는 기사 한 명을 도우려고 했다.

하지만 그때 예상치 못한 일이 발생했다.

기사를 안아서 안전한 곳까지 데려가려고 한 순간, 갑자기 일어난 그가 옆에 떨어져 있던 검을 주워 내게 휘둘렀다.

"이러지 마세요! 지금 고쳐 드릴게요!"

"치유, 마법사아아아!"

"네, 제가 치유마법사예요!"

내 옷을 가리키며 그렇게 어필하자 기사는 소리를 지르면서 검을 치켜들었다.

"죽어라아!"

"어째서?!"

도와주려다가 공격받을 줄은 생각도 못 했다.

휘둘리는 검을 손날로 쳐서 부러뜨렸지만 기사는 그 부러진 검을 마구 휘둘렀다.

"웃, 착란에 빠졌나?!"

필사적으로 말을 걸어 봐도 효과가 있는 것 같지는 않았다.

하지만 내게 명확한 적의를 가지고 있는 것은 분명했다.

"우사토, 이 사람 마법으로 조종당하고 있어!"

"마왕군이 이렇게 만들었다는 거야?!"

그러나 이대로 그가 정신 차리기를 기다릴 수는 없었다.

어쩔 수 없지! 사실은 이러고 싶지 않지만!

"눈을, 뜨세요!"

"커헉?!"

"그거, 오히려 기절시키는 거잖아!"

날뛴다면 치유 펀치로 기절시킬 뿐!

기절하여 고꾸라진 그를 안고서 곧장 근처에 있던 기사에게 사정을 간단히 설명한 뒤 맡기고 달렸다.

"우리 편이 밀리고 있어……."

"그러게. 아군이 조종당하고 있을지도 모른다는 불안이 사람들의 움직임을 둔화시킨 거겠지."

"거기까지 생각한 작전인가……."

악랄하지만 효과적인 작전이다.

이쪽의 불안을 조장함과 동시에 군대 전체의 움직임을 둔화시키니까.

네아도 흡혈귀의 힘과 네크로맨서의 힘으로 비슷한 일을 할 수 있지만 그러려면 수고가 들고, 무엇보다 나를 보조하지 못하게 된다.

그걸 생각하면 우리 편을 조종하고 있는 상대는 상당한 실력자일 것이다.

"빨리 어떻게든 하지 않으면 진형이 와해될지도 몰라……!"

그렇다고 내가 어떻게 할 수도 없었다.

자신의 무력함에 이를 갈고 있으니 지상에 내려온 비룡이 날뛰고 있는 광경이 눈에 들어왔다.

예리한 발톱이 자란 발에 밟힌 기사와 다리를 물린 또 다른 기사가 보였다.

"그만두지 못해?! 치유마법탄!"

"헉?! 으악!"

비룡에 탄 마왕군 병사를 치유마법탄으로 떨어뜨렸다.

그것을 확인한 나는 비룡의 정강이 부근에 발차기를 먹여 균형을 무너뜨렸고, 그렇게 드러난 복부에 오른쪽 주먹을 힘껏 내질렀다.

"그 입 벌려!"

그대로 치유 연격권을 때려 박자 비룡은 고통스러워하며 입을 벌렸다.

"으, 그, 갸……?!"

"우사토!"

"좋았어!!"

비룡의 입에서 해방된 기사를 바로 받은 나는 밟혀 있던 다른 기사를 업고 그 자리에서 이탈했다.

"조금만 늦었으면 구하지 못했을 거야……!"

어쨌든 완전히 의식을 잃은 두 사람을 안전한 곳으로 옮겨야…… 응?

"치, 치유마법사가 있다!"

"어, 어디?!"

"저쪽이야, 저쪽!"

"어디에도 없는데요?!"

치유마법사인 나를 찾는 마왕군 병사들이 앞쪽에 있었다.

이대로 가면 발각되어 공격당하겠지만 우회할 시간은 없었다.

"마왕군 내에서 너는 희한한 짐승 같은 취급을 받고 있구나."

"네아, 풍압 내성을 걸어 줘. 이대로 돌파하겠어."

"어? 아, 잠깐, 기달—."

부상자를 고쳐 안고 있는 힘껏 지면을 밟아 단숨에 가속했다.

네아의 마술로 풍압— 공기 저항에 내성이 생긴 나는 주위의 소리를 두고 가는 듯한 감각에 몸을 맡기며 앞으로 돌진했다.

그대로 적을 따돌리고 빠르게 전선에서 후방으로 이동하여 안고 있던 두 부상자를 기사에게 넘겼다.

"상처는 고쳤어요. 두 사람을 안전한 곳으로 옮겨 주세요."

"가, 감사합니다!"

"네아, 갈 수 있겠어?"

"그래. 하지만 아까처럼 달리는 건 적당히 해 줘."

넌더리를 내는 네아에게 사과하며 다시 전선으로 향했다.

하지만 앞으로 갈수록 지금껏 느껴 본 적 없는 정체 모를 한기가 들었다.

그건 히노모토에서 코가가 내게 보냈던 살기와 비슷했지만, 그때 와는 비교가 안 될 만큼 예리했고 온몸의 털이 쭈뼛 곤두설 만큼 냉랭했다.

틀림없이 뭔가가 가까워지고 있음을 느낀 나는 건틀릿을 전개시 켰다.

"우, 우사토, 왜 그래?"

"네아, 나한테 참격 내성을 걸어 줘!"

"어? 왜ㅡ."

"빨리!!"

내 다급한 목소리에 놀라면서도 네아는 참격 내성을 부여해 줬다.

달리면서 보니 마왕군 병사의 수가 줄어들어 있었다.

그것만 보면 우리 편이 이기고 있는 것 같지만, 그렇게 낙관적으 로는 생각할 수 없었다.

경계하며 앞으로 가다가 가슴에서 피를 흘리며 쓰러져 있는 링글 왕국의 기사를 발견하여 황급히 달려갔다.

"웃, 지금 당장 고쳐 드릴게요!!"

"으, 윽, 우사토 님……."

갑옷째 몸통을 베였어?!

"말하지 마세요!"

곧바로 치유마법을 상처에 쏟아부었지만 마치 무산되듯 마력이 지워져 버렸다.

"이게 무슨?!"

치유마법이 작용하지 않아?!

아무리 필사적으로 치유마법을 걸어도 그의 상처를 고칠 수가 없었다.

내 팔을 잡은 기사가 초조해하는 나를 보고 떨리는 목소리로 말했다.

"녀석의 검은, 저주받았습니다. 지금, 우사토 님을 잃을 수는, 없습니다……. 당장 이곳에서 벗어……나……."

"말하지 마시라니까요."

"……."

기사의 눈에서 빛이 사라지며 내 팔을 잡고 있던 손에서 힘이 빠졌다.

조용히 그의 주검을 땅에 내린 나는 힘껏 지면을 때렸다.

주먹에서 느껴지는 아픔으로 냉정함을 되찾고 로즈에게 들었던 이야기를 떠올렸다.

"혹시 이게 단장님이 말했던 마검……?"

그렇다면 지금까지 그랬듯 치유마법을 걸기만 해서는 소용이 없다.

얼추 생각을 정리한 나는 그 자리에 있던 또 다른 기사에게 말했다.

"치유마법이나 회복마법이 듣지 않는 부상자는 지혈해서 구명단원의 거점으로 데려가 주세요."

"예?"

"그곳에는 충분한 양의 도구와 전문 지식을 가진 사람이 있어요. 가능하다면 이곳에 검은 옷을 불러서 제가 지시한 방법을 전달해 주세요."

"아, 알겠습니다! 우사토 님은 어쩌시려는 겁니까……?"

"저는…… 적을 붙잡아 두겠어요."

"너무 무모합니다! 우사토 님!"

제지하는 기사의 목소리를 뿌리치고 찌르는 듯한 살기가 느껴지는 곳으로 나아갔다.

"네아. 서둘러 단장을 데려와 줘."

본심을 말하자면 지금부터 마주할 상대와 로즈를 대면시키고 싶지는 않다.

하지만 그러지 않으면 희생자가 늘어난다.

"……알겠어."

"고마워. 아무쪼록 내가 죽기 전에 불러와 줘."

"재수 없는 소리 하지 마. 내성 마술은 남겨 두고 갈게."

"고마워."

네아가 내 어깨에서 날아간 것을 확인하고 앞을 보았다.

쓰러진 기사들 가운데 서 있는 한 마족이 있었다.

금색 머리카락, 비틀린 뿔, 갈색 피부.

다른 병사와는 다른 갑옷과 망토를 두르고 피처럼 붉은 검을 쥐고 있었다.

마족 남성은 내게 시선을 주더니 살짝 눈을 크게 떴다.

"하얀 옷……."

"네로 아젠스, 맞지?"

"내 이름을 아는가?"

로즈와 동등하거나 그 이상의 실력을 가진, 바람마법을 쓰는 검사.

여전히 전투태세를 취하지 않았음에도 불구하고 전혀 긴장을 늦출 수 없었다.

싸우지 않아도 알 수 있었다.

나는 못 이긴다.

하지만 그래도 여기서 물러날 수는 없었다.

저 남자를 내버려 두면 많은 사람이 저주받은 마검의 먹이가 되어 버린다.

그렇게 되면 치유마법사인 우리도 손쓸 방도가 없어진다.

그런 사태가 벌어지지 않도록 나는 있는 힘을 다해 저 남자를 막겠다.

"아아, 그렇군."

건틀릿을 전개시킨 채 경계하고 있으니 그는 전장에 어울리지 않는 온화한 목소리로 말하며 고개를 끄덕였다.

"네가 로즈의 제자인가."

그렇게 중얼거린 순간, 네로는 마검을 위로 휙 올려서 바람 칼날을 날렸다.

"흡!"

오른팔을 휘둘러 그것을 막은 나는 네로를 노려보았다.

공격을 막은 것에 별로 놀라지도 않고 그는 들었던 검을 휘두르더니 그대로 검집에 넣었다.

"……."

"……."

기묘한 침묵이 이어졌다.

네로는 나를 관찰하듯 보았고, 나는 네로가 어떻게 공격해 와도 대응할 수 있도록 준비했다.

상대는 로즈와 동등한 실력을 가진 괴물이다.

내 쪽에서 공격해 봤자 바로 베일 것이다.

"네 이름은 뭐지?"

"……? 우, 우사토……입니다."

"나는 마왕군 제1군단장, 네로 아젠스다."

제1군단장이라고?!

지금껏 판명되지 않았던 마지막 군단장이 네로일 줄은 생각도 못했다.

하지만 그만한 실력이 있다는 건 그저 마주했을 뿐인데도 알 수 있었다.

"닮았어."

나를 보고 네로가 그렇게 중얼거렸다.

"나를 보는 그 눈, 기백, 서 있는 모습, 모든 게 로즈와 겹쳐 보여. 하지만 전부 똑같다고는 할 수 없군."

"……하고 싶은 말이 뭐죠?"

"……."

나도 모르게 반문하고 말았지만 네로는 답하지 않았다.

뭐지? 강한 사람은 제대로 의사소통을 안 하려고 드는 걸까? 로즈도 육체 언어로 말하고.

"왜 너는 내 앞으로 나왔지? 피아의 실력 차이를 모르지는 않을 텐데?"

"그야 물론 이해하고 있어요. 싸운다면 확실하게 제가 죽겠죠."

"그렇다면 왜 도망치지 않나?"

이유는 간단하다.

"당신을 여기서 막아야 하니까."

"……그건 나와 로즈의 인연을 들었기 때문인가?"

"아니요. 그 인연은 이미 끝났어요. 적어도 단장님에게는 그래요."

내 말에 네로가 희미하게 얼굴을 찌푸렸다.

분명 이 사람 안에서 로즈와의 싸움은 끝나지 않았을 것이다.

"제가 이곳에 선 이유는 당신을 이 앞으로 보내지 않기 위해서예요."

"내 마검 때문인가."

네로가 싸우는 방식을 트집 잡을 생각은 없다. 오히려 싸움에 있어서는 더할 나위 없이 효과적이리라.

그리고 우리 치유마법사에게 가장 상성이 나쁜 상대다.

"당신이 있으면 치유마법으로 고칠 수 없는 부상자가 계속 늘어나요. 살릴 수 있을 터였던 사람이 죽어요. 그러니까 저는 당신을 이곳에서 막을 거예요."

이길 수 없다면 방어에 전념하여 전진을 방해해 주겠다.

끈질기고, 잽싸고, 포기할 줄 모르고, 끝까지 발악하는 것으로는 나를 능가할 사람이 없다……!

부정적인 결의를 다지는 내 앞에서 네로는 눈을 감았다.

이어서 떠진 그의 눈에는 예사롭지 않은 투지가 가득했다.

"나는 로즈와 싸우기 위해 이 전장에 왔다. 겸사겸사 인간 측의 거점을 함락할 생각이었지만……."

네로가 검을 뽑았다.

빨간 검신이 드러나며 그 칼끝이 천천히 나를 겨눴다.

"너의 힘을 조금 더 보고 싶어졌어."

네로가 서서히 바람을 휘감기 시작해서 몸을 긴장시켰다.

「겸사겸사」 거점을 함락하려고 했다는 점이 무섭지만, 눈앞의 남자라면 가능할 것이다.

그렇게 생각하고 있으니 내 눈앞에 빨간 칼날이―

"억, 죽겠어?!"

"음, 피하였군."

순간적으로 머리를 뒤로 젖혀 아슬아슬하게 참격을 피했다.

그대로 뒤로 굴렀다가 일어난 내게 바람 칼날이 육박했다.

목, 어깨 관절, 심장으로 정확하게 날아온 바람 칼날을 건틀릿으로 튕기자 네로는 조용히 놀랐다.

"제법이군. 그럼 이건 어떠냐?"

손바닥에 회오리바람을 만들어 지면으로 날렸다.

회오리바람은 분열하여 각각 다른 방향에서 내게 다가왔다.

마력탄을 조작하는 느낌으로 움직이는 건가?!

왼쪽 주먹으로 쳐서 없애려고 했지만, 바람에 주먹이 닿은 순간 면도칼에 베인 듯한 상처가 생겼다.

"아파……!"

치유마법 파열장으로 회오리바람을 없애고 오른손의 건틀릿으로 나머지를 없앴지만, 없앴을 터인 회오리바람이 재생하여 다시 내게 달려들었다.

"사용자의 마력이 있는 한, 계속 달려드는 건가……!"

회오리바람에서 도망치기 위해 치유 가속권으로 이동하며 네로와 거리를 유지했다.

"대단한 반응 속도야. 움직임도 인간의 움직임이 아니군."

하지만 네로가 있는 방향에서 강렬한 바람이 부는가 싶더니 순간이동한 것처럼 네로가 빠르게 눈앞까지 접근하여 내 머리를 노리고 붉은 마검을 내리쳤다.

등골이 얼어붙는 한기를 느끼며 오른팔의 건틀릿을 왼손으로 받치고 정면으로 막았다.

"주, 죽을 뻔했네……."

뇌수 모드 선배와 모의전을 경험하지 않았다면 확실하게 베였을 것이다.

진짜 실력을 발휘하지 않았는데도 선배와 동등하거나 그 이상의 속도인가……!

"흠!"

"끄으……!"

막아 낸 검과 네로의 몸에서 강렬한 바람 칼날이 생겨나 내 몸을 난도질했다.

마치 폭풍 속에 있는 것 같아……!

그대로 검을 되돌린 네로가 이어서 검을 휘둘렀다.

"그렇게 쉽게 베일 것 같아?!"

온몸에서 느껴지는 아픔을 무시하고 연속으로 휘둘리는 검을 건틀릿으로 전부 튕겼다.

"우오오오오!!"

하이드 씨의 가르침을 떠올려!

검뿐만 아니라 주변과 상대의 전신을 보고 대처해 나가는 거야!

상단에서 내리치는 검을 건틀릿으로 막으니 연속 공격은 끝났지만, 어마어마한 힘으로 칼날을 내게 밀어붙였다.

"그 건틀릿도 평범한 물건이 아니군."

"이 녀석은 절대로 부서지지 않는 것만이 장점이거든요……!"

"정정하지. 너는 로즈와 다르다. 더 이질적이야."

"그것참 고맙네요!!"

혼신의 힘으로 칼날을 밀어내고 보복으로 네로의 몸통에 주먹을 때려 박으려고 했다.

"으랴아!"

네로의 몸에 주먹이 닿으려고 한 순간, 그를 중심으로 돌풍이 휘몰아치며 내 몸을 날려 버렸다.

"아니?!"

몸을 통째로 날려서 공격을 튕겼어?!

바람마법을 가진 네로는 늘 바람 갑옷을 두르고 있었다.

말하자면 방어 면에서는 상시 슈퍼 아머 상태였다.

평범한 주먹으로는 절대로 공격이 통하지 않고, 바람 갑옷은 네로의 공격과 이동도 보조했다.

이런 상대와 비겼다니, 로즈 너무 위험하지 않아?!

"방심하지 마라."

"윽!"

네로가 날린 바람 칼날을 종이 한 장 차이로 피했지만, 횡으로 휘두른 마검의 추격이 내 몸통을 직격했다.

내 몸에서 네아가 걸어 준 참격 내성 주술이 깨지는 소리가 났다.

"억……!"

"음?"

참격은 막았으나 충격은 통했기에 그대로 날아가서 땅을 굴렀다.

아프지만 아직 살아 있다.

"네아의 마술이 없었으면 죽었을 거야……."

배를 누르며 일어나자 네로는 주위에 회오리바람을 거느리고서 자신의 검과 나를 번갈아 보고 고개를 갸우뚱했다.

"뭐랄까…… 너는 로즈 이상으로 불가사의한 치유마법사군. 확실하게 몸통을 벴다고 생각했는데 칼날이 들지 않았어……. 그런 체질인가?"

그런 괴물 같은 체질을 가진 인간이 있어서야 쓰나.

근데 이기지 못할 것은 알았지만 전혀 상대가 안 될 줄은 몰랐다.

게다가 네로는 진짜 실력을 전혀 발휘하지 않았다. 로즈와 모의전을 할 때처럼 가볍게 상대해 주고 있는 느낌이었다.

하지만 여기서 포기할 수는 없다.

"아직도 일어서는군."

"못 이긴다고 해서 쓰러져도 되는 건 아니니까요……!"

"……그런가."

이제 네아의 내성 마술은 없다.

아까 같은 공격을 또 받는다면 나는 전투 불능에 빠질 것이다.

재차 강풍을 휘감기 시작한 네로가 내 쪽으로 발을 떼려고 했을 때, 흰 그림자가 네로에게 접근하여 그를 후려쳤다.

바람 갑옷을 휘감고 있음에도 불구하고 뒤로 밀린 네로는 눈을 부릅떴다.

그녀의 모습을 보고 나는 안도한 나머지 주저앉고 말았다.

"상당히 애먹고 있는 모양이야."

"네. 조금만 더 늦게 오셨으면 저는 두 동강이 났을 거예요. 단장님."

늦지 않게 와 줘서 다행이다…….

내 말에 로즈는 재미있다는 듯 웃었다.

"그거 아까운 짓을 했군. 따끔한 맛을 좀 봤다면 그 무모한 성격
도 고쳐졌을 텐데."

"무리예요. 천성이라서요."

로즈가 내민 손을 잡고 일어났다.

그러자 뒤늦게 네아가 내 곁으로 날아와 울먹이며 말했다.

"우사토오! 살아 있어?! 팔이 잘리진 않았지?!"

내 주위를 날아다니며 내가 무사한지 확인해 줬다.

"확실하게 살아 있어. 단장님을 데려와 줘서 고마워."

"정말이지! 다시는 이런 무모한 짓 하지 마!"

나는 흙먼지를 털며 로즈에게 말했다.

"……한심한 모습을 보여서 죄송해요."

"아니, 네 판단은 틀리지 않았어. 이 녀석을 상대로 잘도 지금껏
버텼군. 뒷일은 나한테 맡겨라."

그렇게 말하고서 로즈는 네로를 노려보았다.

로즈와 마주한 네로는 나와 싸울 때는 보여 주지 않았던 기백을
드러냈다.

"로즈……!!"

"오랜만이야, 네로 아젠스. 내 귀여운 부하를 마구 괴롭혔구나."

"귀엽다는 한마디로 정의할 수 없는 자잖아? 네 녀석과 똑같은 치유마법을 가진 인간이라면 더더욱 그렇고."

"하하! 맞는 말이야."

왜 나는 숙적에게 괴물로 인정받고, 스승은 왜 또 거기에 동의하는 걸까.

내가 보기에는 당신들이 더 괴물인데요.

"네놈이 바라는 대로 지금부터는 내가 상대해 주마. 그 재수 없는 면상을 한 번 더 갈겨 주겠어."

"그렇게 나와야지……!"

로즈의 말에 웃은 네로는 손바닥에 작은 회오리바람을 만들어 냈다.

네로가 마력을 주입할수록 회오리바람은 주위의 바람을 흡수했으나 크기는 변하지 않았다.

저건 계통 강화인가?

내가 아는 기준과는 차원이 다른 마력을 주입하고 있는 것처럼 보였다.

"나와 너의 싸움은 아무도 방해할 수 없을 거다."

"그렇군……. 우사토!!"

"엇, 네?!"

갑작스러운 호통에 화들짝 놀라 대답하자 이쪽을 돌아본 로즈가 진지한 눈으로 나를 보았다.

"해야 할 일이 뭔지는 알고 있겠지!"

"……네!"

"그럼 됐다!"

그렇게 로즈가 대답했을 때, 네로가 손바닥에 만든 회오리바람을 지면에 내던졌다.

"—계통 강화."

내던져진 회오리바람이 네로와 로즈를 집어삼키듯 전개되더니 그대로 거대해졌고 근처에 있던 나를 날려 버렸다.

아니, 나뿐만이 아니었다. 아군이든 적군이든 상관없이 범위에 있는 모든 이를 밖으로 튕겨 냈다.

지면에 착지하여 고개를 든 내 시야에 날아든 것은 거대한 토네이도였다.

"이게 무슨?!"

그것은 틀림없이 계통 강화로 만든 토네이도였고, 마치 순환하듯 마력이 소용돌이치고 있었다.

엄청난 광경에 나는 멍청한 목소리를 내고 말았다.

"마법의 규모가 폭주한 카론 씨 수준이야……."

"그야말로 괴물이네."

그 토네이도는 점점 거대해져서 마침내 하늘까지 닿았다.

하지만 평범한 토네이도와 달리 그 자리에 머물며 주위의 바람을 계속 흡수할 뿐이었다.

그건 마치 「누구의 방해도 받지 않겠다」는 네로의 강한 의지가 담긴 마법 같았다.

"아마코가 본 예지는 이거였나……."

마왕군과의 싸움이 시작되기 전에 아마코가 봤다는 예지.

처음 들었을 때는 무슨 상황인지 알 수 없었지만, 아마코가 봤던 광경이 로즈와 네로의 싸움을 예지한 것이었음을 이제는 이해할 수 있었다.

이제 토네이도 속에서 무슨 일이 벌어지고 있는지는 알 수 없었다.

"……내가 해야 할 일을 해야지."

로즈가 네로를 상대하게 되면서 움직일 수 있는 흰색 옷은 이제 나뿐이다.

그렇다면 나는 부단장으로서 로즈 대신 움직여야 한다.

주위에는 바람에 날려 쓰러진 사람도 있으니 일단은 그들을 돕고 나서 내 사명을 완수하자.

"네아, 도와주러 가자."

"……조금 쉬는 편이 좋지 않겠어?"

"그러고 싶지만, 그런 말을 할 때가…… 웃?!"

그때, 이쪽으로 접근하는 검은 그림자가 시야 끄트머리에 잡혔다.

네 발로 뛰는 검은 짐승 같은 모습.

일순 새로운 마물인가 싶었지만 아니었다.

"젠장, 타이밍이 너무 나쁘잖아……!"

"우, 우사토…… 저건……."

새의 부리를 연상시키는 가면 아래로 보이는 예리한 이빨, 몸에 엮이듯 휘감긴 검은색 띠.

그 전모가 보이는 거리까지 다가온 그 녀석은 고양된 모습으로
외쳤다.

"오오, 확실하게 살아 있잖아! 우사토!"

"하필이면 너냐! 코가!"

가장 만나고 싶지 않았던 적.

마왕군 제2군단장, 코가 딩갈.

수인의 나라 히노모토에서 싸웠던 강적이 이형의 옷을 두르고서
내게 달려들었다.

*＊＊

마족이었던 내가 구명단의 일원으로서 전장을 달리며, 예전에 적
으로서 싸웠던 인간을 구하고 있었다.

지금 생각해 보면 기묘한 이야기다.

얼마 전까지는 상상도 못 했던 일이었다.

"부상자를 데려와!"

"크앙~!"

검은 옷의 사명은 전장에서 다친 부상자를 거점까지 옮기는 것.

다친 기사를 블루링의 등에 확실하게 고정하며 부상자로 넘쳐
나는 이곳을 둘러보았다.

『회복마법도 치유마법도 듣지 않는 부상자가 나오고 있음. 원조
바람.』

싸움이 한창일 때, 구명단의 거점에 그런 통지가 왔다.

나를 포함한 검은 옷들은 사태가 긴급하다고 판단하여 곧장 원조를 요청한 현장으로 가서 부상자를 구조하기 시작했지만, 그곳에 있는 부상자는 대부분 치유마법과 회복마법이 듣지 않아서 도구를 이용한 치료만이 가능한 상태였다.

왜 이런 이상 사태가 벌어졌는지 신경 쓰였던 나는 근처에 있는 기사에게 질문을 던졌다.

"여기서 무슨 일이 있었어?"

하늘을 날아다니는 비룡들을 경계하며 링글 왕국의 기사 한 명이 대답했다.

"터무니없이 강한 적이 나타났습니다……. 그 녀석의 공격을 받으면 우사토 님의 치유마법조차 듣지 않게 돼서……."

"그 녀석의 마법도? 설마……."

마왕군에 있을 때, 마력 흐름을 끊는 마검을 가진 엄청나게 강한 마족이 있다고 들은 적이 있는데 설마 그 녀석이……?

"우사토가 여기 왔었어?"

"네. 그분은 이곳에서 저희에게 지시를 내린 후 적을 막겠다며 홀로 가셨습니다. 지금 용사님에게 도움을 요청하고 있기는 하지만……."

비정상적으로 착해 빠진 그 녀석이라면 이 이상 부상자가 나오지 않도록 적을 막으러 갔더라도 이상하지 않았다.

하지만 그 상대는 명백하게 보통이 아니었다.

"……."

189

"어이, 페름! 멍청히 있지 마! 이 녀석들을 냉큼 옮겨!"

"윽, 그래! 알고 있어!"

내게는 내 역할이 있다.

마왕군의 흑기사가 아니라 구명단의 검은 옷으로서 사람을 구한다.

본심을 말하자면 우사토를 도우러 가고 싶지만, 그러면 그 녀석이 화낼 것을 알기에 하지 않는다.

"……블루링, 가자."

"크앙~."

블루링과 함께 이동하려고 한 순간, 전장을 등진 내 뒤쪽에서 엄청난 돌풍이 불어왔다.

"으억?!"

"크앙?!"

휘청거리며 어떻게든 전장 쪽으로 눈을 돌리니 거대한 토네이도가 있었다.

하늘에 있는 비룡조차 떨어뜨리며 적군 아군 가리지 않고 날려버리는 그것을 보고 아연실색했다.

"저게 뭐야……."

저건 마법인가?

마법이라고 해도, 저만한 규모의 마법은 본 적이 없다.

애초에 인위적으로 자연재해급 현상을 일으킬 수 있다는 것부터가 보통이 아니었다.

"……우사토!"

토네이도가 일어난 곳은 우사토가 향한 곳일 터다.

가만있을 수 없어서 자리를 박차고 달렸다.

"웃, 블루링! 통을 따라가!"

"크앙?!"

"뭐?! 야, 페름, 너 어디 가는 거야?!"

자신의 역할을 내팽개치면 안 된다는 것은 안다.

내가 가면 우사토는 불같이 화낼 것이다.

하지만 위험에 처했을지도 모를 그 녀석이 걱정되어서 참을 수가 없었다.

🌸 제10화 함께 싸우는 힘! 우사토와 페름!!

전장에서 가장 만나고 싶지 않은 녀석이 누구냐고 묻는다면 제일 먼저 이 녀석을 떠올릴 것이다.

『짐승』능력을 가진 어둠 계통 마법을 다루는 남자, 코가 딩갈.

단숨에 거리를 좁힌 코가가 휘두른 손톱을 나는 순간적으로 건틀릿을 들어서 막았다.

"네로 아저씨랑 싸우고 있다고 들어서 날아왔는데, 아주 생기 넘쳐 보이네!"

"너는 지금 내 얼굴이 생기 넘쳐 보여?!"

"아니! 무진장 싫다는 얼굴이야!"

"알면 오지 말아 줄래?!"

가면을 썼는데도 알 수 있는 희색을 띤 목소리에 울화통이 터질 것 같았다.

지금은 이 근육뇌 마족을 상대하고 있을 때가 아니다.

"너를 상대해 줄 여유는 없다고 펀~치!"

"오오?!"

손톱을 튕기고 구속 주술이 담긴 치유 순격권을 때려 박았다.

주먹이 파고들 정도의 충격에 후방으로 날아간 코가를 힐끗 보고 발길을 돌린 나는 자리를 박차고 달렸다.

이걸로 쓰러뜨렸다고 생각하지는 않는다.

하지만 주춤한 틈에 이곳에서 이탈할 수 있다면 그걸로 좋다!

"어이쿠, 놓치지 않아!"

"……윽?!"

그러나 뒤에서 목소리가 들려 돌아보았다.

혀를 차며 코가를 노려보니 그는 얼굴을 덮었던 마스크만 해제하고서 살랑살랑 손을 흔들었다.

"튼튼하네. 처맞고 뻗어 있을 것이지……."

"우와, 치유마법사답지 않은 발언이야."

이 녀석은 적답지 않게 소탈하게 말을 걸어오지만 속아서는 안 된다.

아마 지금 얘기 중인 이 순간에도 나랑 싸울 생각만 하고 있을 것이다.

"너와는 두 번 다시 만나고 싶지 않았어……."

"매정한 소리 하지 마. 걱정돼서 날아왔는데."

"걱정? 네가 나를?"

"그래."

"우사토, 이 녀석 기분 나빠."

"응. 나도 같은 생각이야."

"너무하지 않아? 나도 울 때는 울어."

네아의 말대로, 마스크를 쓴 검은색 전신 타이츠남에게 그런 말을 들어도 미묘한 기분이 들 뿐이다.

심지어 그 걱정이라는 것은 내가 죽었을까 봐 걱정한 게 아니라, 나랑 싸우지 못할까 봐 걱정한 거겠지.

"자, 쓸데없는 얘기는 이쯤 하고 바로 싸우자."

"……"

어떻게 이 녀석을 따돌릴 수 없으려나.

어떻게든 빈틈을 노려서 이 상황을 타개할 궁리를 하고 있으니 코가가 짓궂게 웃었다.

"좋아! 네가 도망치면 여기 기절해 있는 병사들의 목을 죄다 꺾어 버리겠어. 물론 한 명도 남김없이."

"뭐?!"

"이대로 단독으로 거점에 쳐들어가서 비전투원을 닥치는 대로 처리하는 것도 좋겠지."

진심으로 한 말인지는 모르겠다.

한 번 싸워 봤기에, 코가가 싸우지 못하는 사람을 일방적으로 죽이는 녀석이 아니라는 것은 안다.

하지만 이 녀석이라면 할지도 모른다.

나와 싸우기를 진심으로 바라는 코가는 수단을 가리지 않는다.

코가가 정말로 행동에 나설지도 모른다고 생각한 시점에 도망친다는 선택지는 사라졌다.

"어때? 이제 좀 싸울 마음이 들지?"

"……너, 역시 성격 최악이야."

"너도 여전하네. 뭐, 그렇게 바보같이 솔직한 구석을 좋아하는 거지만."

코가가 마스크로 머리를 덮었고, 나도 양팔에 구속 주술을 휘감으며 주먹을 들었다.

시간이 아깝다. 힘을 아끼지 말고 최대 화력으로 기절시키자.

건틀릿에 마력을 담아 치유 비권을 코가에게 날리려고 했을 때—.

"그런 멍청한 도발에 넘어가지 마! 이 근육 바보!"

그 목소리와 함께 측면에서 날아온 검은 띠가 코가의 몸에 감겼다.

검은 띠는 코가의 띠와 비슷했지만 그의 것은 아니었다.

"이 녀석은 설마……."

"이 목소리는?!"

코가와 내가 놀라며 검은 띠가 날아온 방향을 보니 그곳에 검은 단복을 입은 마족 소녀, 페름이 숨을 헐떡이며 소맷부리에서 나온 검은 띠를 잡고 있었다.

페름을 본 순간, 나는 생각을 정리하기도 전에 먼저 호통쳤다.

"페름! 왜 여기 있어!"

페름의 역할은 부상자를 옮겨 거점으로 데려가는 것인데 그녀는 내가 있는 곳에 나타났다.

검은 옷으로서 해야 할 일을 내팽개치고 이곳에 온 것에 내가 화낼 것을 예상했었는지, 페름은 코가를 구속한 검은 띠를 움켜쥐며 언성을 높였다.

"네가 위험한 녀석이랑 싸운다는 얘기를 듣고 도와주러 온 거야!"

"나는 됐어! 그보다도—."

"되긴 뭐가 돼! 너 바보야?!"

노여움조차 느껴지는 페름의 목소리에 나는 당황하고 말았다.

감정적으로 내게 고함친 페름은 움켜쥔 검은 띠를 당기며 이어서 내게 외쳤다.

"잔말 말고 그 바보 군단장을 얼른 때려! 끝장내!"

"바보 군단장?! 너! 이전 상사에게 무슨 말버릇—."

"우사토! 페름 말대로 움직임을 봉쇄한 지금이 기회야!"

"……그래!"

네아도 재촉해서 코가에게 치유 연격권을 때려 박으려고 했다.

하지만 주먹이 닿기 직전에 코가의 몸에서 검은 띠가 튀어나와 페름의 구속을 잘라 버렸다.

"아니?!"

"공교롭게도 페름보다 내 마법이 더 강력해서 말이야!"

주먹을 들었던 내게 코가의 돌려차기가 직격하여 땅에 내동댕이 쳐졌다.

"으윽……!"

"위험해!"

그런 페름의 목소리와 함께 그녀가 날린 검은 띠가 내 팔에 감겨 몸을 쭉 잡아당겼다.

다음 순간, 내가 있던 곳에 코가가 휘두른 손톱이 꽂혔다.

바로 굴러서 일어난 나는 도와준 페름에게 시선을 보냈다.

"페름이 없었으면 위험했겠어."

"그러게. 이래서야 페름한테 제대로 화낼 수가…… 응?"

뭐지? 검은 띠가 감겼던 팔에 위화감이…….

위화감이 드는 곳을 보니 팔에 감겼던 부분의 띠가 내 팔에 들러붙어 저항하는 듯한 반응을 보이고서 페름에게 돌아갔다.

"……?"

"한눈팔 여유가 있어?"

"나는 너랑 싸우기 싫은데……."

"그런 건 나랑 상관없어. 그리고 나는 너와 한 번 더 싸울 날을 고대했거든. 여러 가지로 준비도 해 왔고, 마음껏 싸워야겠어."

지면을 양손으로 짚은 코가가 자세를 낮췄다.

네발짐승 같은 자세로 이쪽을 노려보는 그의 등에서 검은 띠 십여 개가 나왔다.

"이번에는 저번보다 상대하기 까다로울걸?"

그렇게 말한 코가의 등에서 뻗어 나온 검은 띠가 뭉치더니, 검은 낫 같은 형상을 이루었다.

그 수는 넷.

등에서 자란 낫을 거미처럼 펼친 코가는 그것들을 대동하고서 내게 달려들었다.

"뭐야, 그거. 기분 나빠?!"

"멋있다는 걸 잘못 말한 거겠지!"

바람을 가르는 소리와 함께 낫 하나가 내 목을 노리고 크게 휘둘렸다.

네아를 감싸며 허리를 숙여 피하자 이번에는 코가 자신이 공격해 왔다.

"받아라, 받아!"

"윽!"

피할 수 있는 공격은 피하고, 아닌 건 건틀릿으로 튕겼다.

바쁘게 눈을 움직이며 코가의 공격에 하나씩 대처했지만, 무기 수의 차이는 도저히 메꿀 수 없었다.

"문어랑 싸우는 기분이야……!"

"나는 고속으로 움직이는 무쇠솥이랑 싸우는 기분이야!"

"생물조차 아니잖아!"

너스레를 떨면서도 코가의 공격은 정확하게 내 관절과 급소를 노렸다.

네아도 타깃에 포함되어 있는지 코가의 등에서 난 낫이 종종 네아에게 향했다.

"으악~?! 우사토! 지금 눈앞을 슉 지나갔어!!"

"네아, 내가 살던 세계에는 『무념무상의 경지에 이르면 불도 뜨겁지 않다』라는 말이 있었어!"

"무슨 뜻인데?!"

"체념하는 게 중요하다!"

"으앙~! 전혀 위로가 안 돼~!"

미안, 방금 대충 말했어.

혼란스러워하면서도 내성과 구속 주술을 걸어 주는 네아에게 고마워하며 코가의 몸통에 팔꿈치를 찍었다.

그러면서 코가의 박치기를 맞았지만 어떻게든 버텼다.

이마를 베였는지 미간으로 피가 흘렀다.

"아……프잖아!"

"억?!"

피투성이가 된 채 보복으로 코가에게 속도를 실은 박치기를 돌려줬다.

놀란 목소리를 내며 몸을 젖힌 코가에게서 몇 걸음 물러난 나는 이마에 난 상처를 고친 손으로 머리카락을 쓸어 올렸다.

"하하하, 아~ 역시 즐거워."

"이래서 너랑 싸우기 싫은 거야……. 이런 싸움이 될 게 눈에 보이니까……."

회복과 내구력으로 밀어붙이는 소모전.

이런 싸움이 정상일 리가 없다.

"네가 싫어도 나는 끝내지 않아. 제2군단장으로서, 전장을 달리는 회복마법사를 쓰러뜨려야 한다는 명분도 있으니 말이야……!"

코가의 움직임은 지난번에 싸웠을 때보다도 빨라서 대처하기 어려웠다.

내 집중력도 그렇지만 네아의 소모도 심하니, 다소 무리해서라도 코가와 거리를 둬야 한다.

그렇게 판단하고, 추격하려고 드는 코가의 복부를 향해 건틀릿에 감싸인 오른쪽 주먹으로 치유 비권을 날렸다.

"으랴!"

"무슨?!"

치유 비권은 그대로 코가의 복부를 직격했고 그의 몸이 뒤로 크게 밀렸다.

이로써 거리는 벌었다.

"좋아, 일단 거리를—."

뒤로 물러나려고 한 내 발치에 코가의 등에서 뻗어 나온 낫 두 개가 꽂혔다.

"뭐야?!"

깜짝 놀라며 코가를 보니 그는 등에서 나온 낫을 땅에 박아 몸이 뒤로 날아가려는 걸 버티고 있었다.

"간단히 거리를 벌릴 수 있을 줄 알았다면 크나큰 착각이야!"

"귀찮은 기술을 고안했네……!"

코가의 등에서 나온 낫은 공격뿐만 아니라 이동과 방어에도 쓸 수 있었다.

혀를 차며 코가를 요격하려고 했는데 페름이 어둠마법으로 만든 검은 띠를 코가에게 감았다.

"오오?! 페름인가!"

"으으윽……."

코가는 구속당하면서도, 필사적으로 검은 띠를 잡은 페름에게 시선을 줬다.

"타인을 위해 움직이다니. 변했네."

"시끄러워!"

"그리고 우사토와 똑같은 옷이라서 깜짝 놀랐어."

"그건 진짜 닥쳐!"

뭔가 말다툼을 벌이고 있는 것 같지만, 이대로 구속 주술과 치유 연격권으로 움직임을 봉하자!

"아무리 네가 튼튼해도 이 녀석을 열 번 맞으면 효과가 있겠지!"

"으엑?!"

오른팔의 건틀릿에 구속 주술을 휘감고서 치유 연격권 자세를 취한 나를 보고 코가가 당황했다.

"페름의 변화는 내게도 기쁜 일이지만, 너의 그 기술은 무진장 아파서 맞아 줄 수 없어!"

코가는 페름이 날린 띠를 등에서 난 낫으로 자르고, 그대로 띠를 잡아 페름을 힘껏 당겼다.

"으아아?!"

페름이 끌려온 곳에는 바야흐로 코가에게 치유 연격권을 날리려고 하는 내가 있었다.

"우, 우사토!"

"페름?!"

저 속도로 땅에 내던져지면 무사할 수 없다!

나는 연격권 자세를 풀고 양팔로 페름을 받았다.

"괜찮아?! 다치진 않았어?!"

"그, 그래……."

애매하게 고개를 끄덕이는 페름을 보고 한시름 놓자 그녀의 몸을 덮고 있는 검은색 마력이 고동치듯 움직이는 게 보였다.

"페름, 네 마법이……."

"어? 내 마법이 뭐—."

그 순간, 어둠마법이 페름의 전신을 덮었다.

페름 자신도 의도한 것이 아니었는지, 마력에 휩싸이기 직전에 본 그녀의 표정은 영문을 몰라 멍한 것 같았다.

""""……""""

갑작스러운 사태에 이 자리에 있는 모두의 움직임이 멈췄다.

하지만 사태는 거기서 끝나지 않았다.

그대로 슬라임 같은 새까만 부정형 덩어리로 변한 페름은 그녀를 받은 내 팔을 꾸물꾸물 타고 올라와 단복 속에 숨어들었다.

팔에서 느껴지는 미끈미끈한 감촉과 이해할 수 없는 사태에 나와 네아는 평범하게 절규했다.

"으아아아?! 페름?!"

"우, 우사토가 기생당했어?!"

혼란에 빠진 내게 코가가 곤혹스러워하며 조심조심 말했다.

"저기, 적인 내가 말하기도 뭐하지만. 치유마법으로 액상화시키다니, 그건 역시 미친 짓이야. ……나한테는 그거 쓰지 말아 줘."

"그럴 리가 없잖아! 패 버린다!"

노골적으로 나와 거리를 둔 코가에게 고함치며 냉정해지려고 노력했다.

아니, 잠깐. 이 감촉은 느껴 본 적이 있다.

페름이 오랜만에 어둠 계통 마법을 썼을 때와 똑같았다.

그녀의 마법 일부가 내 손에 들러붙어 떨어지지 않았을 때와 같은 변화가 지금 여기서 일어나고 있었다.

그렇게 생각하고 있으니 내 몸에 이변이 일어나기 시작했다.

"내, 내 팔이……."

왼팔이 페름과 똑같은 검은 마력에 덮였다.

"우사토의 몸에 페름의 마법이……."

왼팔을 덮는 형태가 된 그것은 예전에 싸웠던 흑기사가 장비했던 장갑과 형태가 비슷했다.

그리고 내가 입은 단복 자락에는 페름의 마법과 똑같은 검은 마력이 불꽃같은 형태로 뻗어서 마치 페름의 검은 단복 일부가 내 단복과 융합한 듯한 모습으로 바뀌어 있었다.

"뭐야, 이거……."

영문을 모르겠다.

왼팔을 덮은 검은 장갑.

검은색이 섞인 하얀 단복.

단복 아래를 덮은 검은 마력.

나는 코가의 존재를 잊고서 멍해질 수밖에 없었다.

"아, 페름! 괜찮아?!"

아니, 놀라는 것보다도 페름의 안부를 확인하는 게 먼저다!

내 몸에 문제가 없다는 건 감각적으로 알 수 있었다.

단복 옷깃을 들어 안을 보니 검은 마력은 내 목에서 발끝까지 덮고 단복 안감까지 침식해 있었다.

내 몸 자체를 검은 마력이 덮고 있고, 그게 위에 입은 단복에 영향을 끼치고 있는 건가……?

『우오오오오……!』

"……?!"

내 몸 어딘가에서 페름의 절규가 울렸다.

그 목소리를 듣고 나는 어디에도 보이지 않는 페름을 향해 말했다.

"페름! 어디 있어?!"

『시, 시끄러워! 지금 나한테 말 걸지 마! 크, 오오오, 말도 안 돼…….』

"어, 으음, 우사토 안에서 목소리가 들리네."

페름은 뭔가 괴로워하고 있는 것 같지만 아픔을 견디고 있는 느낌은 아니었다.

굳이 따지자면 번민하고 있는 듯했다.

무사하다고 단언할 수는 없지만 페름 자신은 괜찮다고 판단해도―.

"이, 얍!"

"윽!"

불시에 휘둘린 코가의 손톱을 검은 마력에 감싸인 왼팔로 막았다.

코가는 검은 마력에 감싸인 왼팔을 빤히 보더니 즐겁게 웃으며 등에서 나온 낫 하나를 내 어깨에 꽂으려고 했다.

자유로운 오른팔로 막으려고 했지만 내가 움직이려고 한 팔을 코가가 잡았다.

"큭, 놔!"

"싫어!"

코가의 몸통을 무릎으로 차올렸으나 그는 그것을 무시하고 낫을 내 얼굴로 내리찍었다.

큰일이다! 피할 수 없어!

"윽?!"

"우사토?!"

베이겠다고 생각했지만 아픔은 느껴지지 않았다.

그 대신 독특한 금속음이 뺨 근처에서 울렸다.

……뭐지? 코가의 공격은 확실히 얼굴에 닿았을 텐데.

"어, 얼굴로 막았나……?"

"우사토! 목에서부터 검은 마력이 갑옷처럼!"

단복 안쪽의 마력이 뺨까지 올라와 딱딱해진 건가?!

"다음 공격이 와!"

"윽!"

검은 장갑에 감싸인 왼팔을 들고 이어서 휘둘린 낫을 잡았다.

강도도 나무랄 데 없었다.

이거라면 오른팔의 건틀릿과 똑같은 요령으로 써도 문제없을 것 같다.

"그렇군, 어느 정도 단단함도 갖춘 모양이야. 이거 성가신데."

"이제 좀 놔라!"

힘껏 팔을 휘둘러 코가를 떼어 냈다.

하지만 코가의 공격은 아직 끝나지 않아서 낫 네 개가 앞뒤로 육박했다.

사방에서 날아오는 공격.

불가사의한 지금의 몸으로 다 대응할 수 있을까……?!

『윽, 으으, 어쩔 수 없지!』

"페름?!"

대응하려고 주먹을 들자 왼팔에서 챙강거리는 금속음과 함께 검은색 검이 솟아났다.

아래팔부터 주먹을 덮듯 똑바로 뻗은 검은색 검.

그 변화를 눈치채고 내가 『으엑?!』 하고 얼빠진 소리를 내자 페름이 재촉하듯 외쳤다.

『그 녀석을 써!』

"뭐?! 검 같은 건 써 본 적 없어!"

『잔말 말고!』

"윽, 아아, 정말!"

왼팔을 힘껏 휘둘러 낫을 튕겼다.

효과를 확인한 나는 잇달아 육박하는 낫을 왼팔의 검과 오른팔의 건틀릿으로 튕겨 나갔다.

"이 왼팔은……!"

검은색 장갑은 내 팔에 놀랍도록 착 감겨 있었다.

내 전용으로 만들어진 파르가 님의 건틀릿과 비슷한 수준으로 다루기가 쉬웠다.

"건틀릿과 똑같은 감각이야……."

파르가 님에게 받은 건틀릿과 비슷하게 한 몸처럼 느껴졌다.

……조금 시험해 볼까.

"우사토, 멍하니 있지 마! 왼쪽에서 오고 있어!"

『뒤쪽에서도 오고 있어!』

"내 눈은 앞에만 달렸지만 말이지!"

왼팔의 검을 치켜들고 마력을 담았다.

코가가 낫으로 공격한 순간을 노려 원을 그리듯 검을 크게 휘두르고, 그와 동시에 치유마법 파열장 요령으로 마력을 폭발시켰다.

"흡!"

"뭐 하는 거야? 우사토!"

그 순간, 검에서 치유마법 파열장과 똑같은 충격파가 날아가며 포위하듯 달려든 낫을 공중에서 튕겼다.

마치 검기를 날린 것처럼 포물선으로 날아간 마력 충격파— 자신이 한 일에 놀라며 나는 충격파를 날린 검을 바라보고서 떨리는 목소리로 말했다.

"이, 이걸 「다크니스 치유 파열참」이라고 명명하자……!"

나중에 선배 앞에서 으스대며 보여 줘야지.

『그건 아닌 것 같아…….』

"널 생각해서 하는 말인데 그만둬. 나중에 더 좋은 이름을 생각해 줄 테니까. 응?"

페름이 질색하고 네아가 상냥하게 타일러서 정신적으로 대미지

를 받고 말았다…….

하지만 왼팔로 마력을 폭발시켰음에도 불구하고 상처도 없고 아프지도 않았다.

"하~ 그렇구나. 완전히 동화한 걸 보면 역시 그렇게 된 건가."

코가가 납득했다는 듯 고개를 끄덕였다.

한시라도 빨리 이 녀석을 쓰러뜨리고 싶지만, 우리에게 무슨 일이 일어났는지 알고 있다면 물어봐야 한다.

"……너는 나한테 무슨 일이 생겼는지 알아?"

"네 안에 있는 페름에게 물어보는 게 어때?"

히죽거리는 코가에게서 심술궂은 느낌을 받으며, 그에게서 시선을 떼지 않고 페름에게 말했다.

"페름, 이건 네가 한 거야?"

『내 마법이 너한테 들러붙었어. 그래서 쓸 수 있어.』

……설명이 너무 담백하지 않나요?

그건 알겠지만 좀 더 뭐랄까…… 어째서 나한테 들러붙었는지를 가르쳐 줬으면 좋겠는데.

나와 비슷한 의문이 들었는지 네아가 내 안에 있는 페름에게 말했다.

"들러붙었다니, 네 의지가 아닌 거야?"

『내, 내내, 내 마법이 멋대로 흡착한 거야! 내 탓이 아니야!』

네아의 말에 페름이 언성을 높였다.

어쨌든 흉흉한 왼팔의 검이 원래대로 돌아가도록 염원하자 튀어

나와 있던 칼날이 왼팔로 돌아갔다.

"나도 어느 정도는 조작할 수 있다는 거네. 네아, 너는 어떻게 생각해?"

"페름의 힘을 너도 쓸 수 있게 됐다고 말할 수밖에 없지. 당사자가 아무것도 설명해 주지 않는걸."

뭔가 이유라도 있는 걸까?

단순히 페름이 이유를 모를 가능성도 있지만.

고민하는 우리를 보다 못했는지 코가가 머리 부분만 가면을 해제하고 즐겁게 웃었다.

"뭐, 어쩔 수 없지. 솔직히 페름이 말하기 싫어하는 기분도 대충 이해해. 하지만 배려와는 가장 먼 존재인 나랑은 상관없는 일이니까 폭로해 줄게."

『우사토! 지금 당장 저 녀석을 침묵시켜!』

내 왼팔과 양쪽 발뒤꿈치에서 검은 칼날이 튀어나왔지만 그것을 내 의지로 집어넣었다.

끄으응 하고 신음하는 페름에게 약간 미안함을 느끼며 코가의 목소리에 귀를 기울였다.

"단순히 말하자면 페름의 변질된 어둠 계통 마법이 그런 능력이 되어 버린 거야. 어둠마법은 사용자의 정신에 강하게 영향받는 마법이라고 저번에 말했잖아?"

"그랬지."

"보아하니 페름의 어둠마법 속성이었던 『반전』은 다른 걸로 변질

됐어. 말하자면『공존』…… 아니,『동화』라고 해야 할까? 너와 함께 있으며, 너와 함께 싸우고, 너와 함께 죽는다. 페름의 능력은 그런 능력이 된 거야."

"……."

"조금 전의 공방이 그 증거겠지. 너와 동화한 페름의 마법은 너를 멋대로 지키고, 그 주도권의 절반은 너 자신이 쥐고 있어."

일단 확인차 페름에게 물었다.

"그런 거야? 페름."

『……』

"페름?"

『으으으으, 크오오오……』

"……?"

뭔가 번민하고 있었다.

뭐, 그야 자신의 마법이 타인과 동화됐으니 부끄럽겠지만, 그 변화에 이른 심경은 결코 나쁘지 않았다.

외톨이로 살며 싸웠던 페름이 타인을 믿게 된 것이니까.

당연히 좋은 일이다.

"함께 싸운다라……. 좋아! 페름!"

『왜, 왜 불러…….』

"나랑 너랑 네아, 이렇게 세 사람의 힘을 합쳐서 코가를 때려눕히자. 믿어도 되지?"

『……그, 그래! 알겠어!』

페름의 어둠 계통 마법은 내 몸과 완전히 동화됐다. 그야말로 오른팔의 건틀릿처럼.

그렇다면 내 전투 방식에 극적인 변화를 일으킬 수 있을지도 모른다.

"……해 볼까."

다소 무리는 하겠지만 시도해 볼 가치는 있었다.

상태를 확인하기 위해 발끝으로 땅을 차며, 임전 태세를 갖춘 코가에게 고개를 돌렸다.

"네아, 큼직한 공격에만 구속 주술을 부탁해."

"맡겨 줘."

"페름, 변형하는 모양은 너한테 맡기겠지만 사람을 상대할 때 날 붙이는 금지야."

『팔을 크게 키우거나 방패를 만드는 건 상관없어?』

"응. 그리고 지금부터 이상하게 움직일 거니까 둘 다 멀미하지 않게 조심해."

『엥?』

두 사람에게 그렇게 공언함과 동시에 코가를 향해 발을 내딛고, 검은 마력에 덮인 발바닥에서 마력을 폭발시켰다.

치유 가속권과는 다른 수법으로 하는 가속.

"무슨?!"

단숨에 접근한 내가 내지른 주먹을 코가는 양팔을 교차하여 막았다.

"성공! 겸사겸사 날아가라!"

팔꿈치에서 마력을 폭발시켜 억지로 팔을 끝까지 휘둘러서 코가의 몸을 후방으로 날렸다.

한 번 더 발에서 마력을 폭발시켜 가속한 나는 코가가 날아간 방향으로 먼저 가서 무방비한 등에 옆차기를 먹였다.

"으억?! 어이어이어이! 설마 모든 움직임이 그거야?!"

"그래. 지금의 나는 온몸에서 마력을 폭발시킬 수 있어!"

"그게 뭐야?!"

오른팔에 전개한 용사의 건틀릿과 왼팔을 덮은 흑기사의 장갑을 가속시켜 코가를 향해 고속으로 주먹을 날렸다.

코가도 대응하려고 했지만 마력 폭발로 강화된 내 주먹은 막을 수 없었다.

그대로 그의 방어를 강제로 무너뜨리고 몸통에 오른쪽 주먹을 꽂았다.

"커헉! 너, 너 그거, 너무 무자비하지 않아?!"

숨을 토하며 신음하는 코가를 무시하고 나는 외쳤다.

"페름! 팔을 크게 키워 줘!"

『어? 아, 알았어!』

순식간에 왼팔의 팔꿈치 아래쪽이 두 배쯤 커졌다.

그것을 해머처럼 휘둘러 코가를 위쪽으로 날렸다.

이대로 추격을—

"너만 공격하고 치사하잖아!"

"윽?!"

"이번에는 내 차례다!"

다음 공격을 가하려고 했을 때, 코가의 전신에서 무수한 띠가 나오더니 그 뾰족한 끝이 내게 달려들었다.

"우사토, 피해!"

『저건 못 막아!』

네아와 페름이 경고했지만 나는 피하지 않고 낫을 응시했다.

"아니, 지금의 나라면!"

양손을 쭉 당기고 마력을 담았다.

평소에는 건틀릿이 있는 오른손으로만 쓸 수 있는 기술이었지만 지금의 나라면 양손으로 쓸 수 있다!

"즉 효과는 두 배! 못 막을 리가 없어!!"

"그 생각은 이상하지 않아?!"

『이 녀석, 늘 이런 느낌이야?!』

육박하는 대량의 어둠마법 띠를 향해 양팔을 내밀고 주입한 마력을 폭발시켰다.

"치유마법, 파열쌍장!"

손바닥에서 터진 마력 충격파는 코가가 날린 검은 띠의 기세를 훌륭하게 꺾었다.

그것을 본 코가는 등에서 꺼낸 낫을 땅에 박아 도망치려고 했다.

이대로 도망치게 두지는 않을 거다!

"네아, 페름! 뛸 거야!"

"뭐? 자, 잠깐잠깐—."

발바닥에서 폭발하는 마력을 도약력으로 바꿔서, 막 착지하려고 하는 코가에게 일직선으로 접근했다.

"코가아아아!"

"어? 너 왜 하늘을 날, 으으으으?!"

"잡았다아!"

그대로 코가의 한쪽 발을 잡아서 착지와 동시에 지면에 내동댕이 쳤다.

"야, 너!"

"칫! 아직 의식이 있잖아!"

"잠깐, 기달—."

오른발을 잡은 채 코가의 몸을 힘껏 휘둘러 한 번 더 지면에 내동댕이쳤다.

"으헉?!"

"아직도 기절하지 않은 건가! 그렇다면 한 번 더!"

"이런 걸 몇 번이고 당하고 있을 것 같아?!"

코가는 붙잡힌 발 부분의 마력을 변형하여 도망가 버렸다.

조금 떨어진 곳에 착지한 그는 숨을 헐떡이면서도 즐겁게 외쳤다.

"방금 그건 내가 아니었으면 죽었을 거야!!"

"너 말고 다른 사람한테는 안 할 거니까 괜찮아!"

"하하하! 전혀 안 기뻐!!"

이렇게까지 했는데도 대미지를 받은 것 같지 않았다.

역시 치유 연격권을 직접 때려 박을 수밖에 없나. 실패하면 상대를 치유해 버리니 쓸 때를 잘 판별해야 한다.

"지금 상태로는 조금 불리한가……."

그렇게 중얼거린 코가가 후방에 낫을 박아 이탈을 꾀하려다가 부자연스럽게 움직임을 멈췄다.

그의 발목을 자세히 보니 어느새 검은 띠가 감겨 있었다.

"허?!"

『이 이상 이 녀석의 터무니없는 행동에 휘둘릴 순 없어!』

"맞아! 우리를 위해 냉큼 쓰러져!"

두 사람이 보조해 준 건가?

내 왼쪽 손목에서 뻗어 나간 검은 띠가 코가를 감았고, 그 띠를 통해 내성 주술이 흐르고 있었다.

코가는 발에 감긴 띠를 낫으로 절단하려고 했지만 네아의 내성 주술이 걸려 있어서 끊어지지 않는 듯했다.

"너, 보조 측이 너무 우수하지 않아?!"

"나한테는 아까울 정도로 우수해! 이얍!!"

"우오오오?!"

검은 띠를 양팔로 잡아당기고 심호흡하며 오른발을 들었다.

이미지하는 것은 로즈의 발차기였다.

네아의 내성 주술조차 순식간에 파괴하고, 건틀릿으로 방어했는데도 인간을 수십 미터 단위로 날리는 상식을 벗어난 일격을 이미지하고, 눈앞에 다가온 코가에게 먹였다.

"으랴아!"

쾅 소리와 함께 코가의 몸통에 발차기가 들어갔다.

코가의 몸이 기역(ㄱ) 자로 꺾이며 고통스러워하는 소리가 남과 동시에 발뒤꿈치에서 마력을 폭발시켰다.

"이제 좀 기절해라!"

"너는 진짜 자비라고는 전혀 없구나?!"

그대로 발을 끝까지 휘두르자 코가가 공처럼 위로 날아갔다.

하지만 이 정도로 쓰러지지는 않을 것이다.

코가와 연결된 검은 띠를 오른손으로 바꿔 잡고 왼팔을 들었다.

"페름! 팔을 한 번 더 키워 줘!"

『이, 이 정도면 돼?!』

"충분해! 고마워!!"

내 목소리에 놀라며 페름이 왼팔을 두 배 정도 키웠다.

그것을 세게 움켜쥔 나는 치유 연격권을 준비했다.

"이걸로 끝이다! 치유 연격—."

"잠깐만, 우사토! 위에서 뭔가가 와!"

"뭐?!"

그 순간, 머리 위에서 어마어마한 열기가 느껴졌다.

뒤로 힘껏 물러난 순간, 나와 코가를 분단시키듯 화염이 쏟아졌다.

"뭐야?!"

『이 불길은……?!』

딱 봐도 알 만큼 강력한 화염마법이었다.

하늘을 올려다보니 어느새 위쪽에 날고 있던 비룡에서 누군가가 뛰어내렸다.

무릎 꿇은 코가 근처에 착지한 빨간 머리 마족— 아미라 베르그레트는 화염을 없애고 들고 있던 검을 검집에 넣었다.

"멋대로 혼자 뛰쳐나간 바보 군단장. 이건 대체 어떻게 된 상황이야?"

"바보 군단장이라고 부르지 마. 혹시 뒤에서는 다들 그렇게 불러?"

"됐고, 빨리 말해."

"······우사토가 페름과 합체해서 엄청나게 강해졌어."

"······."

무슨 생각을 했는지 아미라는 검을 뽑아 코가에게 휘둘렀다.

갑자기 아군에게 공격받은 코가는 허둥지둥 굴러 피했다.

"뭐, 뭐 하는 거야, 너! 나는 상관이고, 무엇보다 같은 편이야!"

"아니, 얻어맞은 충격으로 착란에 빠졌나 싶어서."

"그렇게 생각해도 별수 없지만 틀림없는 사실이야! 저걸 봐! 저게 정상적인 치유마법사의 모습으로 보여?!"

코가가 나를 가리키자 아미라가 이쪽을 보았다.

확실히 지금 내 모습은 평범한 치유마법사의 모습이라고 하기 어렵겠지만, 코가가 그렇게 말하니 왠지 심사가 불편했다.

"흑기사. 지금은 그쪽 편에 붙은 건가?"

아미라가 나와 동화된 페름에게 말했다.

그 말에 페름은 어색한 목소리로 대답했다.

『……나는 페름이야. 흑기사가 아니야.』

"그럼 페름. 나는 너를 비난하지 않아. 하지만 네가 마왕군의 적으로서 우리를 막아서겠다면 망설이지 않고 베겠어."

아미라가 칼끝을 우리에게 겨눴다.

『……너, 변했네. 고지식하고 재수 없는 건 여전하지만.』

그런 아미라를 보고 페름은 예전을 떠올린 듯 그렇게 말했다.

"그리고 치유마법사, 우사토. 내 스승님과 싸우고서 살아남고, 이 바보 군단장을 궁지에 몬 그 실력은 적이지만 칭찬할 만해."

"……굉장히 높이 평가해 주는군요."

내가 말하자 아미라는 웃었다.

"당연하지. 서로 좋은 스승을 뒀잖아. 그런 의미에서 나와 너는 가까운 입장이야."

로즈가 내 스승이라고 확신하고 있네.

아미라의 말대로, 네로를 스승으로 둔 그녀와 로즈를 스승으로 둔 나는 비슷한 처지일지도 모른다.

"적으로 만나지 않았다면 일대 일 대련을 청했겠지만……. 내게는 무엇보다 우선해야 하는 사명이 있어."

"……일대 일 승부라면 지금도 할 수 있는데요?"

"훗, 그건 매력적인 제안이지만 무리야. 너는 우리에게 용사와 동등하거나 그 이상으로 성가신 존재야. 쓰러뜨릴 수 있을 때 쓰러뜨려야 해."

적어도 일대 일 승부가 되면 이 상황을 타개할 방법을 찾을 수 있을 것 같았지만, 코가와 아미라가 둘이서 덤비면 매우 위험하다.

"확실하게 해치운다. 미안하지만 둘이서 널 쓰러뜨리겠어."

"어쩔 수 없지. 개인적인 감정을 우선할 때가 아닌가……."

아미라가 검을 들고, 코가가 다시 전투태세에 들어갔다.

아미라의 난입으로 상황은 단숨에 불리해지고 말았다.

이대로 가다가는 흰색 옷으로서 활동하기는커녕 여기서 움직이지도 못하게 된다.

이것저것 생각하고 있는데 갑자기 뭔가가 파지직 튀는 소리가 들렸다.

"이 소리는……?"

어디선가 들려오는 소리.

그것이 다가오고 있다고 인식한 순간, 조금 전까지 내 옆에 없었던 인물이 손으로 지면을 짚으며 착지했다.

윤기 흐르는 흑발과 전격을 휘감은 모습.

"이누카미, 선배……?"

"맞아. 이번에는 우리가 너를 도와줄 차례야. 우사토 군."

그렇게 힘차게 대답한 선배는 역수로 든 검을 땅에 꽂아 아미라와 코가에게 강렬한 전격을 방출했다.

이누카미 선배가 방출한 전격은 코가와 아미라에게 똑바로 돌진해 직격했다.

그것을 본 선배는 나를 휙 돌아보고서 흥분한 모습으로 바싹 다가왔다.

"우사토 군! 그 모습은 매우, 아주아주 신경 쓰이지만! 구태여 지금은 그 모습에 관해 묻지 않겠어!"

"어, 음, 네……?"

"훗날의 즐거움으로 삼겠어!"

……아니, 무슨 즐거움이요?

곤혹스러워하는 내 대답을 기다리지 않고 활짝 웃으며 고개를 끄덕인 선배는 다시 코가와 아미라가 있는 방향으로 몸을 돌렸다.

"그럼 다녀올게!!"

"아, 네. 다녀오세……가 아니라, 잠깐만요, 선배?!"

변함없이 들뜬 모습으로 대화를 끝맺은 선배는 전격을 몰아낸 아미라에게 검을 들고 달려들었다.

"너는 내가 상대하겠어!"

"훗, 바라는 바다!"

전격을 휘감은 선배의 검을 화염을 휘감은 검으로 막은 아미라는 선배에게 밀려 우리에게서 멀어졌다.

"스, 스즈네는 변함없이 폭풍 같은 사람이네……."

『아미라와 코가를 분단시킨 건가……?』

네아와 페름의 중얼거림에 나도 고개를 끄덕이자 뒤늦게 카즈키가 왔다.

"다행이다. 안 늦었어…… 응? 모습이 되게 바뀌었네?! 그거 어떻게 된 거야?"

이쪽으로 달려온 카즈키가 내 모습을 보고 놀란 표정을 지었다.

"카즈키, 너도 여기 온 거야?! 어째서……."

내 질문에 어리둥절한 표정을 지은 카즈키는 똑바로 나와 시선을 맞췄다.

"너를 도와주러 왔다는 걸로는…… 이유가 안 될까?"

"……!"

말로 표현할 수 없는 기분이 북받쳤지만 어떻게든 억누른 나는 고개를 가로저었다.

"……아니, 충분해. 고마워, 네가 와 줘서 덕분에 살았어."

"나나 선배나 우사토에게 도움을 받았으니 피차일반이야. 그리고……."

카즈키의 시선이 전격을 받아 낸 코가에게 향했다.

"군단장이 나왔다면 우리 용사가 나설 수밖에 없으니까!"

확실히 내가 싸워 보니, 군단장급 실력자는 물량으로 어떻게 할 수 있을 만큼 만만하지 않았다.

나도 네아와 페름이 보조해 줘서 겨우 궁지에 모는 데 성공했을 정도다.

"우사토, 저기 있는 녀석이 코가야?"

"그래. 터무니없이 터프한 녀석이야. 아까 마구 공격했는데도 효과는 별로 없는 것 같아."

몸은 그렇다 쳐도, 정신적인 대미지는 안 받았을까?

"저 녀석은 나보다 더 튼튼할지도 몰라."

"『그건 아니야.』"

동시에 똑같이 말하다니 사이가 참 좋구나.

네아와 페름의 태클에 내가 작게 한숨을 쉬자 카즈키는 웃었다.

"우사토한테서 시끌벅적한 소리가 나."

"이 짧은 시간에 동거인 같은 게 늘어나 버렸어."

"하하, 그게 뭐야."

아예 틀린 말은 아니란 말이지…….

나와 페름의 지금 이 상태는 해제할 수 있는 거겠지?

깊게 생각하지 않으려고 했지만 새삼 불안해졌다.

갑자기 코가가 가면을 해제하고 민낯을 드러냈다.

"나는 둘이서 덤벼도 전혀 상관없어. 이기든 지든 싸울 수만 있다면 나는 그걸로 좋으니까."

코가는 들뜬 모습으로 그런 말을 했다.

승패는 도외시하고 싸움 자체를 바라는 건가.

"……카즈키, 둘이서 싸우면 코가를 쓰러뜨릴 수 있어. 같이 싸우자."

코가는 강적이긴 하지만, 나와 카즈키가 힘을 합치면 물리칠 수 있는 상대일 터다.

그렇게 생각하고 함께 싸우자고 제안했으나 카즈키는 고개를 가로저었다.

"아니. 여긴 나랑 선배한테 맡기고 너는 다른 사람들을 도와주러 가."

"뭐? 하지만……."

카즈키는 나를 안심시키듯 웃으며 이어서 말했다.

"우리라면 괜찮아. 그리고 너한테 중요한 부탁을 하고 싶어."

"부탁?"

부탁이라니 뭘까?

내가 고개를 갸웃하자 카즈키는 앞을 본 채 입을 열었다.

"마법으로 인간을 조종하는 마족이 있다는 건 알아?"

"응. 나도 조종당한 사람에게 공격받았어."

이쪽의 병사들을 조종하여 강제로 내부 분열을 일으키고 있는 자가 마족군에 있다.

"그 녀석이 어디 있는지 프라나가 찾아냈어. 전장의 중앙 부근, 적과 아군을 구별하기 애매해지는 곳에서 술자는 기사들을 세뇌하고 있는 것 같아."

환영마법을 가진 프라나 씨이기에 비슷한 성질을 가진 술자를 찾아낼 수 있었을 것이다.

확실히 내가 같은 편 기사에게 공격당한 곳도 중앙에 가까웠다.

그렇다면 그곳에 잠복하여 조용히 동료를 늘린 건가.

"프라나한테만 맡기고 왔는데 불길한 예감이 들어. 우사토, 부탁해도 될까?"

"알겠어. 우리가 도와주러 갈게."

나는 즉답했다.

어쨌든 전선에는 돌아가야 하고, 나도 같은 편 기사가 조종당해 내부 분열이 일어난 상황을 간과할 수 없었다.

"고마워. 프라나한테도 했던 말이지만 조심해."

"너도 저딴 전신 타이츠남한테 지지 마."

"그래!"

서로 고개를 끄덕이고 나는 달리기 시작했다.

바로 뒤에서 강렬한 빛과 함께 쇠를 튕긴 듯한 금속음이 울렸지만 상관하지 않고 목적지로 똑바로 나아갔다.

로즈가 내게 맡겼고 카즈키에게도 부탁받았다.

할 일은 많지만 전속력으로 전진해 나가자.

*　*　*

우사토 군이 적의 제1군단장으로 여겨지는 인물과 교전하고 있다.

한창 싸우는 와중에 그 소식을 듣고 나는 피가 얼어붙는 듯한 감각을 느꼈다.

그건 카즈키 군도 마찬가지였는지 몹시 동요했다.

동요한 이유는 또 있었다.

마왕군의 최고 전력인 군단장이 혼자서 전장에 나오지는 않았을 것이기 때문이다.

게다가 그 군단장은 단독으로 기사들을 베며 이쪽 진형의 절반 정도까지 와 있었다.

솔직히 소름이 돋았다.

"우사토 군이 없었다면 지금쯤 거점은 함락됐을지도 모르겠네……!"

발에 부분적인 전격을 휘감으며 화염을 두른 아미라에게 전격을 방출했다.

검을 크게 휘둘러 전격을 없앤 아미라는 내 움직임을 눈으로 파악하고 작게 입을 열었다.

"확실히, 방해받지 않았다면 스승님은 손쉽게 너희의 거점을 함락시키셨겠지."

"……그렇다는 건 제1군단장이 네 스승님인가?"

"그래."

중거리에서 전격으로 공격을 가했지만 전혀 통하지 않았다.

몸에 휘감은 저 화염 때문일까?

대책 없이 달려들면 치명상은 피할 수 없을 것이다.

"접근하려면 나도 상응하는 마력을 둘러야 한다는 거네……! 그렇다면!"

한순간 뇌수 모드를 발동시켜 우사토 군조차 대응하지 못했던 속도로 공격을 시도했다.

"그 기술은……!"

"흡!"

스쳐 지나가면서 목을 베려고 했지만 아미라가 불쑥 든 검에 막히고 말았다.

"반응했어……?!"

"노리는 곳이 정확한 것도 생각해 볼 문제야. 공격이 너무 솔직해."

"그래? 솔직하다는 말은 별로 못 듣는 편인데 말이지!"

주로 우사토 군 관련으로 말이야……!

내심 자학하며 아미라가 내리친 검을 피하고 거리를 뒀다.

"대인 경험이 없다는 게 두드러지게 됐네……."

야생의 마물과 싸우는 건 특기지만, 대인전, 그것도 상당한 실력자와의 싸움에 관해서는 압도적으로 경험이 부족했다.

눈앞의 아미라는 확실하게 나보다 경험이 많고, 싸우는 방식도 나를 요격하는 형태로 바꾼 상태였다.

"대단하군."

"응?"

생각지도 못한 아미라의 칭찬에 발을 멈췄다.

갑옷처럼 휘감은 화염의 세기를 약하게 한 아미라가 또렷한 목소리로 말을 걸어왔다.

"네가 쓰는 기술, 그건 자기류인가?"

"……그래. 어떤 마물의 전법을 참고해서 터득한 거야."

"그렇다고 하더라도 대단해."

서신 전달 여행 중에 조우한 마물인 뇌수와 싸우고 고안한 전법이었다.

그걸 칭찬해 줘서 기쁘기는 했지만, 지금 상황에 기뻐할 수 있을 리가 없었다.

"독학으로 그걸 터득하고, 마족처럼 육체가 튼튼하지 않은 인간이 쓴다는 것만으로도 경이로워. 가능하다면 아직 미완성일 때 처리해 두고 싶어."

"그 말은 즉, 내 기술이 완성되면 네게 성가신 존재가 된다는 뜻이려나?"

"그래. 그 기술이 완성되면 우리에게 위협이 돼."

그 말을 끝으로 아마라가 몸에 두른 화염을 활활 태웠다.

쓸데없는 이야기는 여기까지라는 건가.

아직 아마라의 공격이 성공한 적은 없으나 내 공격도 성공할 기미가 없었다.

하지만 그것도 시간문제임을 나도 아마라도 알고 있었다.

"그럼 이 싸움으로 성장하면 돼!"

도달해야 할 경지에 있는 마법 사용자가 눈앞에 있었다.

더할 나위 없는 견본이 앞에 있으니 내가 할 일은 정해져 있다.

싸우면서 아마라의 기술을 훔치고 흡수한다.

"내가 용사라면 그게 안 될 리가 없지!"

가자, 스즈네!

자신을 북돋듯 전격을 휘감은 나는 눈앞의 강적에게 맞섰다.

제11화 잔학무도! 제3군단장 한나!!

조종당한 사람을 보고 나와 똑같은 환영 계통의 마법사가 벌인 짓임을 바로 알 수 있었다.

그 마법사는 나와 달리 사람을 현혹하는 데 뛰어났고, 그 효과가 미치는 범위도 넓었다.

그리고 무섭도록 교활하고 수단을 가리지 않았다.

상황은 최악이었다.

그 마법으로 진형이 크게 무너졌고 기사들 사이에 불안과 혼란이 퍼지고 있었다.

게다가 보통은 생각할 수 없을 만큼 커다란 뱀 마물과 소형 마물 때문에 열세에 빠져 있었다.

그래도 어떻게든 해야 했다.

카즈키가 군단장이라는 강적을 상대하고 있는 지금, 내가 기사들을 조종하는 술자에게 대처하지 못한다면 승기는 없으니까……!

"하아……! 하아……!"

"—저를 찾아낸 건 칭찬해 드리죠."

비룡을 탄 보라색 머리카락의 마족 여성이 거칠게 호흡하는 나를 냉담한 눈으로 내려다보았다.

그 주위에는 보라색 마력탄이 여러 개 떠 있었다.

아마 공중에 떠 있는 저 마력탄으로 사람을 조종하고 있을 것이다.

"이렇게 성가신 상대일 줄이야……!"

"언젠가 들킬 거라고는 생각했지만 설마 엘프가 저를 찾을 줄은 몰랐어요. 뭐, 그 정도 전력으로는 저를 어떻게 할 수도 없겠지만."

"……윽!"

마족을 태운 한층 큰 비룡 주위에는 근위병으로 보이는 병사가 모는 비룡 네 마리가 더 있었다.

딱 봐도 알 수 있을 만큼 실력자였다. 마법이나 화살로 떨어뜨리는 것은 거의 불가능하다고 봐도 좋았다.

"그럼 다음. 해치우세요."

이쪽을 내려다본 여자가 지상에 있는 기사들을 조종해 명령을 내렸다.

그녀가 말하는 대로 무기를 든 기사들은 핏발 선 눈으로 나와 동료였던 기사들을 보았다.

"윽, 프라나 님! 저희는 어떻게 해야 할까요……!"

"위에 있는 마력탄을 조심하며 대처해! 저걸 맞으면 조종당하니까!"

"네!"

하지만 조종당한 기사들만 공격해 오는 것이 아니었다.

마왕군 병사도 거기에 섞여 달려들었다.

우리가 아군이었던 사람들을 공격하길 주저하는 동안, 하늘에 있는 여자는 마법으로 계속해서 우리 편을 조종해 나갔다.

현 상황에 이를 갈며, 창을 찌르려고 돌진해 오는 기사를 향해 단검을 들었다.

"우오오오!"

"으, 눈을…… 떠!"

우리 편 기사가 공허한 눈으로 달려들었다.

환영마법에 의한 마력을 단검에 휘감고 얕게 벴다.

단검에 베인 기사의 눈에 빛이 돌아오더니 동요하며 자신의 손바닥을 바라보았다.

"나, 나는 대체……."

"제압해!"

기사를 조종하는 마력을 내 마법으로 상쇄하여 제정신으로 되돌릴 수 있었다.

하지만 한 번에 제정신으로 되돌릴 수 있는 인원수는 한정적이었다.

내 마력도 무한하지 않고, 역시 저 여자를 어떻게든 해야 한다.

기사들 사이에 섞여 공격해 온 마족에게 단검을 찌르고 등에 멨던 활을 꺼내 화살을 메겼다.

"맞아라……!"

화살촉에 환영마법을 담아 하늘에 있는 여자를 향해 쐈다.

화살은 표적을 향해 똑바로 날아갔으나 근위병이 모는 비룡이 곧장 쳐냈다.

"큭…… 수비가 단단해……!"

저 여자는 틀림없이 지휘관이거나 그에 가까운 입장이다.

그게 아니라면 저렇게 엄중히 호위할 리가 없다.

하지만 직접 노릴 방도가 우리에게는 없었다.

활로 사냥하는 게 특기인 엘프족의 궁술이 통하지 않으니, 카즈키처럼 비할 데 없이 정확하게 마력탄을 조작할 줄 아는 자가 필요했다.

"같은 계통의 마법사인 걸까요? 환상의 세기는 당신이 더 뛰어난 모양이지만, 허를 찌르는 수법은 제가 한 수 위인 모양이군요."

"너는 뭐 하는 사람이야……?"

여자는 하늘에서 나를 내려다보며 입가에 손을 대고 조금 고민했다.

"으음~ 뭐, 상관없나. 가르쳐 드리죠. 저는 한나 로미아라고 해요. 마왕군 제3군단의 군단장을 맡고 있죠."

"제3군단장……?!"

"네. 아주 높은 사람이랍니다."

상대가 마왕군의 최고 전력 중 한 명이라는 것에 놀라는 우리를 보고 한나는 냉소했다.

"설마 군단장은 전부 돌격밖에 못 한다고 생각하셨나요?"

"네 마법은……."

"당신과 똑같은 환영마법이에요. 능력에 차이는 있는 것 같지만."

한나는 주위에 떠 있는 마력탄 하나를 손바닥에 가져와 나를 보았다.

"당신의 환영마법은 제 마법보다 지배력도 구속력도 강해요. 반면 제 마법은 범위가 넓고 여러 가지를 폭넓게 보여 줄 수 있죠. 저

235

는 이 마법을 사용해서 그쪽의 기사들을 마음대로 조종하고 있는 거예요."

"그걸로 자중지란을 일으키고 있는 거구나……!"

"음? 혹시 화나셨나요?"

이상하다는 듯 고개를 갸웃한 한나를 화를 억누르며 노려보았다.

같은 편끼리 싸워야 해서 괴로운 선택을 해야 했던 사람도 있었다.

뭘 보여 주고 있는지 모르겠지만, 조종당하는 기사들의 고통스러운 표정을 보건대 멀쩡한 환상을 보여 주는 것 같지는 않았다.

"하지만 용사가 여기 없어서 정말 아쉬워요. 여기 있었다면 꼭두각시로 만들어서 전력으로 삼을 수 있었을 텐데."

"……너는 용사를 붙잡을 수 없을걸."

"수단을 가리지 않으면 가능해요. 젊고 경험도 부족한 용사가 눈앞의 인질을 못 본 척하는 비정한 결단을 내릴 것 같지는 않으니까요."

"그런 악독한……!"

카즈키는 다른 사람을 버리지 못한다.

마음씨 착한 그라면 한나의 비열한 요구에 따를지도 모른다.

"자, 쓸데없는 얘기는 이쯤에서 끝내죠."

한나가 손을 들자 조종당하는 기사들이 무기를 들었다.

그 뒤에는 기사들을 방패로 쓰는 형태로 마족 병사들이 대기했고, 위쪽에는 근위병을 태운 비룡과 한나가 호시탐탐 우리가 빈틈을 보이기를 기다리고 있었다.

이대로 싸워도 승산은 없다.

하지만 여기서 우리가 한나를 막지 않으면 조종당하는 기사가 늘어나 버린다.

"그럼 해치우세요."

아까와는 비교가 안 되게 많은 적이 우리에게 달려들었다.

죽음에 대한 공포와 자신의 사명 사이에서 이도 저도 못 하고 있을 때, 하얀 실루엣이 위에서 내려왔다.

"어?"

"치유 전도권! 으랴아!!"

떨어진 하얀 그림자― 우사토는 지면에 착지함과 동시에 주먹으로 땅을 쳐서 조종당한 기사들이 있는 방향으로 마력 충격파를 방출했다.

방출된 충격파가 기사들의 발에 부딪쳐 자세를 무너뜨렸다.

"우사토⋯⋯?!"

"좋아, 안 늦었다!"

내 목소리를 못 들었는지 우사토는 발을 멈추지 않고 눈앞의 적에게 향했다.

"치유 펀치로 대처해 나가겠어! 지금 제정신으로 되돌려 드릴게요!"

"흐억?!"

우사토가 주먹을 연속으로 휘두를 때마다 끔찍한 소리가 나며 마력으로 여겨지는 초록색 빛이 반짝였다.

"우사토, 마족도 섞여 있어!"

"확인했어!"

"으헉?!"

그 팔다리가 앞으로 나갈 때마다 쓰러진 자는 보라색 문양에 휩싸여 움직이지 못했다.

폭풍처럼 적을 무력화해 나가는 그 모습을 보고 나는 멍해지고 말았지만, 우사토 뒤에서 병사 한 명이 공격하려는 게 보여서 목소리를 높였다.

"위, 위험—."

『이 녀석을 건드리지 마!』

어디선가 들려온 소녀의 목소리와 함께 우사토의 등에서 채찍 같은 것이 나왔다.

그것은 공격하려고 했던 마족을 손쉽게 날렸고, 그대로 보라색 문양을 띠고서 주위의 적에게 향했다.

솔직히 머리로는 누가 도와주러 왔는지 이해했다.

하지만 뭐라고 해야 할까…….

"내 기억과 다른데……."

내가 아는 우사토는 이렇게까지 터무니없는 움직임을…… 보이긴 했지만, 지금은 더 무시무시한 움직임이 되어 있었다.

달려드는 기사와 마왕군 병사를 눈에 보이지도 않는 속도로 때려눕힌 우사토는 검은색이 섞인 흰옷을 펄럭이며 이쪽을 돌아보았다.

"프라나 씨, 그리고 기사님들도 다치진 않으셨나요?!"

"으, 응. 고마워……."

조금 전까지의 절망감을 날려 버리는 충격에 기사들도 벌어진 입을 다물지 못하는 것 같았다.

어쨌든 우리 곁으로 온 우사토에게 쓰러진 기사들에 관해 물어보기로 했다.

"이 사람들은 괜찮은 거야?"

"걱정하지 않아도 돼. 치유마법을 담은 주먹으로 기절시켰을 뿐이니까 다치진 않았을 거야."

……맹렬하게 태클을 걸고 싶다는 충동이 들지만 참자.

우사토가 있으면 일일이 세뇌를 풀지 않아도 무력화할 수 있는 것 같고.

그리고 신경 쓰이는 점이 하나 더 있었다.

저번에 봤을 때와 달라진 우사토의 차림이었다.

오른팔의 은색 건틀릿과 왼팔의 검은 장갑.

특히 그가 입고 있는 하얀 단복은 변모해 있었다.

단복 대부분이 흰색이긴 하지만 옷자락과 소매에서 검은 불꽃같은 문양이 꿈틀거리고 있었다.

"그 모습은 어떻게 된 거야?"

"아아, 이거. 이런저런 일이 있었어."

"뭐, 뭐……?"

어떤 이런저런 일이 있었는지 궁금하지만 물어보기 무섭기도 했다.

"나는 카즈키한테 부탁받고 이곳에 왔어."

"카즈키가……."

우사토가 내 어깨에 손을 얹고 치유마법을 걸자 아까 싸우면서 생긴 상처와 피로가 순식간에 사라졌다.

굉장해. 순식간에 몸이 편해졌어…….

회복마법과 이렇게나 효과가 다르구나.

"기사를 조종하는 술자는?"

"공중에 있는 보라색 머리 마족 여성이야. 게다가 마왕군 제3군 단장인 것 같아."

"제3군단장…….'"

우사토가 하늘을 올려다보았다. 그곳에는 변함없이 비룡을 탄 한나가 있었다.

한나는 우사토를 내려다보고 있었는데 그 눈에서 동요가 보이는 것 같기도 했다.

"하얀 옷과 검은 머리, 그리고 초록색 마력…… 정보와 조금 다른 부분도 있지만, 당신이 링글 왕국의 치유마법사인가요?"

"……."

침묵을 긍정으로 여겼는지 한나는 납득한 듯 고개를 끄덕였다.

"반가워요. 저는 마왕군 제3군단장 한나 로미아. 코가 군이 말한 대로 인간이라는 생각이 안 드는 움직임이네요."

"또 코가로군……. 아아, 정말…….'"

"그와 못 만났나요? 멋대로 뛰쳐나갔다고 들었는데."

"……."

"흠, 질문에는 대답해 줄 생각이 없나 보군요. 아쉽네요."

우사토는 별로 아쉬워 보이지 않는 한나를 노려보았다.

"……당신이 기사들을 조종해서 치유마법사를 공격하도록 했나요?"

"네. 자중지란을 일으킨 것까지는 잘 됐는데, 제일 중요한 치유마법사는 한 명도 처리하지 못했어요. 의외로 끈질겨서 깜짝 놀랐어요."

"끈질기다라……."

우사토의 오른손에서 금속이 삐걱거리는 소리가 들렸다.

"이 이상 당신이 멋대로 굴게 둘 수는 없어."

"어머, 당신도 제게 무척 화가 났나 보네요."

한나도 우사토의 상태를 눈치챘는지 작게 미소 지었다.

그 미소는 차가워서 명백하게 우리를 깔보고 있다는 걸 알 수 있었다.

"뭐, 당신들이 분개하는 것도 당연하지만, 우리는 한정된 병사를 소비하지 않아도 돼서 아주 편리하거든요."

"……."

"그렇잖아요? 이분들이 죽어도 우리한테는 아무런 타격도 없고."

한나의 말투에 나는 말로 표현할 수 없는 불쾌함을 느끼지 않을 수 없었다.

아군을 상처 입히고 싶지 않다.

피해를 최소한으로 하고 싶다.

확실히 합리적이다.

하지만 한나의 생각은 도저히 받아들일 수 없었다.

"여기에 당신이 온 건 저한테도 좋은 일이에요. 당신만 조종하면 치유마법사가 모인 거점도, 용사조차도 쉽게 처리할 수 있어요."

"……저를 조종하는 것 정도로는 두 용사를 쓰러뜨릴 수 없을걸요?"

"친구잖아요? 그것도 강한 인연으로 맺어진."

어떻게 마왕군이 용사들과 우사토의 관계를 아는 거지……?!

우사토도 예상외였는지 놀라서 눈을 크게 떴다.

"이미 링글 왕국의 기사를 심문했거든요."

"심문했다고……?!"

"네. 고문당하는 환상을 살짝 보여 줘서 실토하게 한 거지만, 그래도 충분한 정보예요. 용사의 약점을 알아냈으니까요."

카즈키와 스즈네의 약점은…… 우사토?

당사자인 우사토는 가만히 한나를 올려다볼 뿐이었다.

"프라나 님, 우사토 님, 전방에서 마물과 병사들이 옵니다!"

뒤에 있던 기사의 말을 듣고 전방을 돌아보자 그로우 울프를 거느린 병사 부대가 와 있었다.

초조함에 입술을 깨무는데 위쪽에서 한나가 안도하며 한숨을 쉬었다.

"자, 이렇게 이야기를 끄는 사이에 마침내 원군이 왔네요. 소문의 치유마법사가 수다 떠는 걸 좋아하는 분이라 참 다행이에요."

한나가 주위에 띄운 마력탄을 움직였다.

"피하고 싶으면 피하세요. 그 대신 뒤에 있는 기사들이 공격을 맞을 거예요."

조소와 함께 한나는 마력탄을 이쪽으로 떨어뜨렸다.

마치 비처럼 쏟아지는 마력탄을 보고 즉각 활을 들려고 했지만, 그보다 먼저 우사토가 손바닥에 만든 마력탄을 투척했다.

"치유마법 난탄."

우사토의 손바닥에서 날아간 마력탄은 분열하여 한나의 마력탄과 충돌했고 상쇄하듯 터졌다.

그래도 미처 상쇄되지 않은 마력탄이 육박했다.

"페름."

『그래!』

우사토의 왼팔을 덮은 장갑에서 검은색 검이 나왔고 마구 움직였다.

그러자 칼날에서 초록색 충격파 같은 것이 날아가 남은 마력탄을 없애 버렸다.

"이게 무슨?!"

말없이 왼팔을 원래대로 되돌린 우사토는 이쪽을 돌아보았다.

"프라나 씨."

"어? 어, 왜?"

"제3군단장의 힘이 뭔지 가르쳐 줘."

조용한 어조와는 반대로 화난 것 같은 분위기였다.

그 모습에 동요하며 한나의 정보를 최대한 간결하게 이야기했다.

"저 마족은 내가 맡아도 될까?"

"뭐?! 하, 하지만 상대는 하늘을 날고 있고, 내 활로도 못 맞혔는데 어떻게……."

"후려쳐서 떨어뜨리면 돼."

"뭐?"

"저기서 실실 쪼개고 있는 여자는 우리가 후려쳐서 떨어뜨리겠어."

우사토는 우리가 걱정하지 않도록 웃어 줬지만, 그 눈은 전혀 웃고 있지 않았기에 오히려 무서웠다.

우사토의 감정에 반응하듯 옷깃에서 까만 무언가가 그의 뺨까지 기어 올라와 여러 가지 의미에서 장절한 형상을 이루고 있었다.

눈에 보이는 격한 분노보다도 간단히 깨달을 수 없는 고요한 분노가 더 무섭다.

지금 눈앞에 있는 우사토를 보고 나는 그렇게 생각하지 않을 수 없었다.

❀제12화 공포! 한나가 본 악몽!!

마왕군 제3군단장 한나 로미아.

적군을 조종하여 자중지란을 일으킨 그녀의 전략은 극악무도하긴 하지만 옳았다.

아군을 위험에 노출하지 않으면서 위험을 최소한으로 줄일 수 있는 전술이었다.

적인 우리 입장에서는 참기 힘든 일이지만, 망설이지 않고 그런 전술을 사용하는 존재가 성가시면서도 굉장하다는 생각이 들었다.

그러나 한나는 아군 병사조차 소모품으로 보았다.

그녀의 언동에서 그런 느낌을 받은 나는 안에서 끓어오르는 화를 억누르고 냉정하게 상황을 파악하려고 했다.

"……높네."

하늘을 나는 한나와 그 부하들이 모는 비룡은 마력 폭발을 이용한 도약으로 도달할 수 없는 높이에서 비행 중이었다.

자세히 보니 한나 자신이 비룡을 조종하는 것이 아니라, 부하가 비룡의 고삐를 쥐고 있었다.

정예로 보이는 갑옷 입은 병사가 네 명 있고, 각각 비룡을 조종하며 한나를 호위했다.

막무가내로 돌격해서는 저곳에 갈 수 없을 것이다.

이어서 달려들 기회를 엿보고 있는 그로우 울프와 마족들을 보았다.

그로우 울프는 내가 다른 곳으로 의식을 돌리면 바로 달려들 것 같았다. 그에 맞춰 병사들도 쇄도할 터다.

하지만 지상의 적을 격퇴해도 상공에 있는 한나는 나를 잡기 위해 원군을 계속 부를 것이다.

빠르게 어떻게든 처리하려면 역시 하늘에 있는 한나를 떨어뜨려야 했다.

"페름. 오른팔도 네 마법으로 덮어 줘."

『알겠어. 하지만 우사토, 저 녀석을 어떻게 떨어뜨리려고?』

"뛰어서 후려칠 거야."

『대, 대답이 된 것 같지만 되지 않았어! 네아, 좀 말려 봐!』

"뭘 모르는구나. 이 녀석이 이상한 짓을 하는 건 새삼스러운 일도 아니야. 지상에서 날뛰던 근육뇌가 하늘에서 날뛰는 근육뇌로 바뀌었을 뿐이야."

누가 근육뇌야.

네아에게 반론하고 싶은 것을 참고 프라나 씨에게 말했다.

"프라나 씨, 화살을 하나 빌려줄래?"

"어? 응."

……좋아. 이거라면 가능할 것 같다.

나는 화살대 부분을 왼손으로 쓸어 검은 마력을 부착시키고 그것을 프라나 씨에게 돌려줬다.

"이걸 위에 있는 비룡에게 맞혀 줘."

"불가능하진 않겠지만 이걸로 괜찮은 거야? 점프하더라도 닿을 만한 거리가 아닌데……."

"그건 어떻게든 할 거야. 내가 위쪽 녀석들을 상대하는 동안 아래쪽 적을 처리해 줘."

내 말에 프라나 씨는 뭔가 하고 싶은 말이 있는 것 같았지만, 무슨 생각을 했는지 자신의 뺨을 때리고서 떨쳐 낸 듯한 표정으로 나를 보았다.

"……불안하긴 하지만, 카즈키처럼 너를 믿을게. 힘내. 전원 요격 태세!"

뒤에 있던 기사들이 대답함과 동시에 프라나 씨는 띠가 달린 화살을 메겼다.

그와 함께 그로우 울프가 움직였지만, 나는 응전하는 기사들을 믿고서 움직이지 않고 검은 마력에 감싸인 양발에 변화를 줬다.

발바닥에 갈고리가 달린 말뚝을 만들고 그것을 땅에 푹 박았다.

"후우……."

『야, 잠깐만, 뭐 하는 거야? 왜 발을 땅에 고정해?』

"뭔가 굉장히 불길한 예감이……."

"그럼 화살을 쏠게!"

한나가 탄 비룡을 향해 프라나 씨가 화살을 쐈다.

"막으세요."

"예!"

화살은 똑바로 궤적을 그리며 비룡에게 날아갔지만, 한나가 탄 비룡이 휘두른 꼬리에 맞아 허무하게 튕기고 말았다.

땅에 떨어지는 화살을 보며 한나는 조롱하듯 웃었다.

"후후, 그 정도로 제 비룡은 안 떨어—."

"도달할 수 없다면 널 끌어당기면 돼!"

『뭐?』

화살을 튕긴 꼬리에 마력이 부착된 것을 확인한 나는 왼쪽 손목에서 띠를 날려 그곳에 감고 힘껏 당겼다.

한나뿐만 아니라 지상에 있는 사람들도 내 행동에 어안이 벙벙해졌다.

"우사토?! 믿겠다고 하긴 했지만 뭐 하는 거야?!"

"보이는 대로야!"

"보고 이해할 수 없어서 묻는 거야!"

발바닥에 말뚝을 만들어서 땅에 박은 덕분에 내 몸은 지상에 단단히 고정되어 있었다.

이대로 도약해서 접근할 수 있는 거리까지 끌어당기면 이긴 거나 다름없다!

"도달할 수 없다면 닿는 거리까지 떨어뜨리면 돼……! 이게 바로 두뇌 플레이다……!"

『두뇌는 안 쓴 것 같은데……?』

"근육뇌 플레이를 잘못 말한 걸까……?"

남들이 뭐라고 하든, 한나가 탄 비룡은 착실하게 지상으로 끌려오고 있었다.

한나는 조금 전의 여유를 잃고 허둥거리며 주위에 있는 부하에게 바삐 지시를 내렸다.

"다, 다다다, 다들 뭐 하는 거죠. 얼른 이걸 잘라요!"

"예!"

"으하하, 이미 늦었어!"

부하가 검을 뽑아 띠를 자르려고 했지만 이미 때는 늦었다.

나는 양발에 마력을 모음과 동시에 발바닥의 말뚝을 해제하고 마력을 폭발시켜 힘껏 도약했다.

"흐읍!"

그대로 띠를 잡아당겨 그 반동으로 더 높이 날아올라서 한나가 있는 높이에 도달했고 그녀와 눈이 마주쳤다.

"떨어뜨린다!"

"히익?!"

겁에 질려 한나의 얼굴이 새파래졌다.

일단은 비룡을 조종하는 병사에게 치유 비권을 날리려고 했을 때, 호위병을 태운 비룡이 측면에서 내게 몸통박치기를 먹이려고 했다.

"한나 님께 손댈 수는 없을 거다!"

"약았네……! 하지만! 너희만 공중에서 자유롭게 움직일 수 있는 건 아니지!"

발에서 일순 마력을 폭발시켜, 몸통박치기를 날리는 비룡 쪽으로 몸의 방향을 틀었다.

"그런 단조로운 돌격이 통할 것 같아?!"

그렇게 외치며 오른팔을 치켜든 나는 비룡의 머리에 주먹을 때려박았다.

"끼에엑!"

"먼저 한 마리!"

주먹을 맞은 비룡이 주춤한 순간을 노려 그 등에 올라타 병사의 아래턱을 바탕손으로 쳐서 기절시켰다.

이 비룡은 곧 지상으로 낙하하겠지만, 마족이라면 이 높이에서 떨어져도 괜찮을 터.

상처 정도는 날 수도 있겠지만…… 상대를 신경 써 줄 여유는 없다.

"자, 그럼."

한나 쪽으로 의식을 돌렸다.

그녀는 마력탄을 공중에 전개시키며 호위병들에게 보호받고 있었다.

공중전은 저쪽이 유리하니 쉽사리 돌격할 수 없을 듯했다.

"우, 움직임을 막으세요! 그러면 제가 조종할 테니!"

"""예!"""

다행히 한나를 여기까지 끌어 내린 덕분에 다른 비룡도 똑같은 높이로 내려와 있었다.

근처를 날고 있는 다른 비룡에 검은 띠를 감고 그쪽으로 몸을 날려 접근했다.

"태평하게 직접 찾아올 줄은 몰랐군! 불덩이로 만들어 주마!"

비룡의 입과 병사의 손바닥에서 동시에 화염이 뿜어져 나왔다.

이대로 가면 띠에 끌려가 불길에 돌격하게 되겠지만, 마력을 폭발시켜서 피한다면 문제없다.

그렇게 생각했는데 갑자기 단복의 후드가 멋대로 움직여 내 머리에 씌워졌다.

그와 함께 눈에 보이는 단복의 흰색 부분이 침식당하는 것처럼 검게 물들었다.

"으어?! 페름?!"

지금 보니 네아도 도롱이벌레처럼 띠에 감겨 있잖아……?!

『방어는 내가 할 테니까 그대로 돌격해!』

"나, 나는 화염 내성을!"

검은 마력이 전체를 방어하고 화염 내성도 부여받았다.

지금이라면 피할 필요도 없이 공격으로 넘어갈 수 있다!

의식을 공격으로 전환하여, 회피에 쓰려고 했던 왼팔의 마력을 두 배쯤 키웠다.

"으오오……!"

페름과 네아 덕분에 열기가 느껴지지도 않았고 숨이 막히지도 않았다.

화염을 돌파하여 비룡에게 도달한 나는 거대해진 왼쪽 주먹을 밑에서 쳐올려 비룡의 복부에 때려 박았다.

"으랴아!"

그 충격으로 비룡의 상체가 뒤로 넘어갔고, 균형을 잃은 병사는 비명을 지르며 땅에 떨어졌다.

"이걸로 두 마리째⋯⋯ 윽, 요 녀석, 날뛰지 마⋯⋯!"

"나한테 맡겨!"

내 어깨에서 날아간 네아가 날뛰는 비룡과 눈을 맞춘 순간, 움직임이 얌전해졌다.

"네아, 방금 그건?"

"매혹으로 얌전히 만들었을 뿐이야. 말을 듣진 않겠지만."

그래도 한숨 돌릴 수 있었다.

후드를 벗고 검정 일색에서 검정이 섞인 흰색 단복으로 돌아온 것을 확인하며 한나에게 의식을 보냈다.

"어이쿠."

이쪽으로 날아온 마력탄을 건틀릿으로 튕겼다.

아까부터 한나가 이쪽으로 마력탄을 계속 날리고 있었지만 내가 멈추고 나서야 겨우 맞힐 수 있게 됐나 보다.

"단순히 내 움직임을 쫓아오지 못하는 건가?"

그렇다면 한나 본인의 전투 능력은 별로 높지 않을지도 모른다.

네로, 코가, 아미라 같은 군단장급 실력자는 무투파라는 이미지였는데 한나는 다른 것 같았다.

"남은 건⋯⋯."

한나와 두 호위뿐인가.

일대 일로는 불리하다고 판단했는지 남은 두 호위는 연계하여 우리를 공격하려는 듯했다.

둘 다 비슷한 비룡을 타고 있는 것처럼 보이지만 무기가 달랐다.

한 명은 검을, 다른 한 명은 창을 들고 있었다.

"남아 있는 우리가 해치우자!"

"그래!"

두 비룡 쪽에서 화염과 마법이 날아오는 것을 확인하고, 타고 있던 비룡에서 날아올랐다.

"네아, 구속 주술을 준비해 줘!"

"알겠어!"

낙하하는 나를 물어뜯으려고 한 마리가 달려들었지만 치유 가속권으로 피하고 그 등에 달린 안장을 잡았다.

"어딜!"

"으오?!"

다른 비룡에 탄 병사가 내게 접근하여 스쳐 지나가면서 검으로 방해하여 안장을 놓치고 말았다.

"칫, 연계하니 귀찮네……!"

아슬아슬하게 손목에서 띠를 날려 비룡에 감아 낙하는 면했으나, 공중에서 자유롭게 움직일 수 있는 비룡을 상대하려니 자꾸 선수를 빼앗겼다.

게다가 조금 전에 내가 싸우는 것을 보고 병사들이 서로를 도울 수 있게 위치를 잡아서 성가셨다.

『어쩔 거야? 우사토. 아무리 네가 강해도 불리해.』

"일단은 유인한다!"

공중에 매달린 채 다시 검을 피한 나는 비룡이 스쳐 지나갈 때 목에 띠를 감아서 그쪽에 붙었다.

"이, 이쪽에 붙었어! 도와줘!"

눈이 마주친 병사가 깜짝 놀라며 동료에게 도움을 구했다.

그 목소리를 듣고 다른 병사가 창을 들고서 돌격해 왔다.

"떨어져라! 치유마법사아아!"

이쪽으로 접근하는 비룡을 확인하며 띠를 잡지 않은 오른팔에 마력을 담았다.

"지금이다!"

접근한 비룡의 등에서 병사가 창을 찌름과 동시에 붙어 있던 비룡에서 떨어져 뒤로 점프했다.

나를 찌르려고 했던 창은 빗나갔고 내 앞에 두 마리 비룡이 같이 위치하게 되었다.

그 순간을 노려 공중에서 마력을 폭발시켜 가속하며 주먹을 내질렀다.

"치유 순격권!!"

""아니?!""

루크비스에서 선보였던 치유 연격권의 아종.

창병을 태운 비룡에게 주먹이 직격으로 들어갔고 마력 폭발로 인한 추가 충격이 가해졌다.

그로 인해 비룡의 몸이 크게 옆으로 기울며 또 다른 비룡과 충돌했다.

"네아!"

"그래, 지금 쓰면 되지?!"

충전된 구속 주술이 주먹을 통해 흘러가서 접촉한 두 마리 비룡의 움직임을 일시적으로 멈췄다.

오래가진 않겠지만 틈은 만들 수 있다!

"굳히기로 한 방 더!"

점프함과 동시에 발바닥에서 마력을 폭발시켜 크게 도약했다.

그 상태로 양쪽 손목에서 띠를 날려 움직이지 못하는 비룡에 감고 그대로 힘껏 당겨서 가속했다.

추가로 양팔에서 마력을 폭발시켜 최대한으로 가속하여—.

"떨어져라!"

두 다리로 발차기를 꽂아 넣었다.

""으아아아아!""

두 병사가 비룡에서 떨어졌다.

전력으로 가속하여 꽂아 넣은 일격은 두 비룡의 자세를 크게 무너뜨렸다.

『우사토, 이대로 있으면 우리도 떨어져!』

"윽, 알고 있어!"

두 비룡이 완전히 균형을 잃은 것을 확인하고 곧장 남은 적— 한 나를 태운 비룡으로 띠를 날렸다.

도망치려는 기색조차 보이지 않아서 맥이 빠졌지만, 다리에 감은 띠를 잡고 올라갔다.

"……조용하네."

"도망치려고도 안 하는 게 꺼림칙해."

『포기한 거 아니야?』

저항하지도 않고 날갯짓하는 비룡을 꺼림칙하게 여기며 등에 올랐다.

그 등에는 겁먹은 모습으로 고삐를 쥔 병사와 로브의 후드를 깊이 눌러쓴 한나가 있었다.

내게서 도망치듯 뒷걸음질 치는 한나를 구속하려고 하자 그에 놀란 병사가 떨리는 목소리로 입을 열었다.

"그, 그냥 보내 주세요……."

"저기……."

"히익?!"

아직 아무런 말도 안 했는데.

투구를 써서 병사의 표정은 보이지 않았지만 겁먹었다는 것은 알 수 있었다.

이대로 착란에 빠져 추락하는 일은 피하고 싶기에 최대한 조용한 목소리로 분명하게 말했다.

"지상으로 내려가 주세요. 안전하게."

"네……."

병사가 울먹이며 고삐를 조종하자 비룡이 지상으로 내려갔다.

역시 공중보다 지상이 좋다. 하늘에 있으면 로즈가 나를 링글의 숲으로 던졌을 때가 떠올라서 기분이 안 좋다.

"자, 드디어 궁지에 몰았네요."

"……"

비룡을 타고 있는 한, 도망칠 곳은 없다.

일단 아무 짓도 못 하도록 네아에게 구속 주술을 걸어 달라고 하자.

그렇게 생각하고 손을 내밀려고 했는데 바람에 후드가 흔들리며 한나의 머리카락이 빠져나왔다.

"금발……?"

멀리서 봤던 한나의 머리카락은 분명 연보라색이었을 터다.

바로 후드를 벗기니 그 안에는 한나가 아니라 모르는 얼굴이 있었다.

한나가 아닌 마족 병사는 퍼뜩 정신을 차리고서 주위를 두리번거렸다.

"……헉?! 나는 뭘…… 응? 으아악, 괴물?!"

괴물이라고 부른 건 넘어가기로 하고, 아까까지와는 모습이 달랐다.

이건 마치 지금 처음으로 내 존재를 알아차린 듯한 반응이었다.

"한나는 어디 있지?!"

"히익?! 어? 어어, 어라?! 왜 내가 한나 님의 옷을……?!"

나를 앞에 두고 크게 동요하여 울상을 지은 금발 마족 여성은 자신이 입은 로브를 잡고서 패닉에 빠졌다.

"아니, 일단 진정—."

"저, 저는, 보잘것없는 일반병입니다! 비룡을 잘 타서 이곳으로

257

끌려왔을 뿐, 실은 못 싸워요!"

『어떻게 된 거야······?』

이 사람이 한나가 아니라는 건 확실하지만, 공중에서는 도망칠 곳이 없을 터.

······아니, 잠깐.

비룡을 잘 타서?

그렇다면 본래 이 비룡을 조종했던 사람은······?!

"웃, 설마!"

뒤에 있는 병사를 돌아본 순간, 누군가가 내 뺨에 손을 얹었다.

먼저 보인 것은 보라색 빛이 떠오른 눈이었다.

코앞까지 얼굴을 가져온 마족 여성— 한나는 투구를 벗어 버리고 성취감에 찬 미소를 짓고 있었다.

"당신은 이제 제 거예요."

그 말과 함께 환영마법이 내게 주입되었다.

＊＊＊

『우사토 님은 마음씨가 착한 분이다.』

심문한 링글 왕국의 기사는 그렇게 말했다.

고문하는 환각을 보여 줬을 뿐인데 간단히 실토해서 맥이 빠졌지만 그 이상으로 성과가 있었다.

치유마법사, 우사토.

두 용사의 친구로, 악명 높은 치유마법사가 소속된 조직인 구명단의 인간.

그 역할은 전장에서 다친 인간을 고치고 구하는 것.

지금껏 치유마법사라는 것 외에는 알려지지 않았던 존재에 관해 알아낸 나는 두 손 들고 기뻐하고 싶은 심정이었다.

찔러야 할 허점을 찾아냈고, 무엇보다 우리를 방해하는 두 용사의 명확한 약점을 알아냈으니까.

착한 인간이라니, 내게는 딱 좋은 사냥감일 뿐이다.

그런 인간은 아군뿐만 아니라 적에게도 간단히 동정을 베풀기 때문이다.

적이니까 죽인다.

우사토라는 소년이 그런 판단을 내리는 인간이 아니라서 다행이라고 진심으로 생각했다.

그렇다면 싸울 방법은 얼마든지 있으니까.

"—라고 아까까지는 생각했지만 말이죠."

그와 싸우기 전에는 그렇게 평가했으나, 실제로 보니 우사토라는 인물은 엄청난 괴물이었다.

코가 군이 그렇게나 호들갑을 떨었을 때부터 심상치 않은 인간이라는 것 정도는 눈치챘어야 했다.

"사실 치유마법사의 탈을 쓴 악마……인 건 아니겠죠?"

꿈틀거리는 까만 뭔가가 몸에서 나오고 있고, 평범하지 않은 새를 어깨에 얹고 있고.

가장 이상한 것은 치유마법의 초록색 빛을 뿜어내고 있을 텐데 그걸로 공중을 이동하는 것처럼 보인다는 점이었다.

"저걸 정면으로 상대하는 건 무리일 것 같아요."

두 번째 비룡이 떨어지는 광경을 확인하고서 그를 평범하게 쓰러 뜨리는 것은 무리임을 깨달았다.

부하가 전력으로 막는 사이에 나 혼자 이탈하자.

비룡의 고삐를 쥔 부하에게 그렇게 전하려고 했을 때, 한 가지 생각이 머리를 스쳤다.

"······저걸 손에 넣으면 강력한 병력을 확보할 수 있을지도······."

그는 군단장급 실력을 가졌다. 어쩌면 용사보다 더 성가신 존재 일지도 모른다.

그를 내 마법으로 조종하면 단독 전투력이 낮다는 내 유일한 약점을 보완할 수 있다.

이 기회를 놓칠 수는 없다.

"거기 당신."

나는 비룡을 조종 중인 부하를 불렀다.

"앗, 네! 도망칠 준비는 되어 있습니다! 이 아이도 달궈져 있어요!"

"달궈져? ······아뇨, 그게 아니라, 잠깐 나랑 옷을 교환하지 않을 래요?"

"네······?"

얼떨떨해하는 부하와 눈을 맞추고 환영마법을 걸었다.

부하가 환영에 사로잡힌 것을 확인하고 작전을 준비했다.

"자, 제 연기력을 보여 줄 때네요."

오직 시간을 벌기 위해 보낸 부하와 그가 싸우는 사이에 여차하면 미끼로 쓰려고 데려온 부하와 자리를 바꿨다.

누구나 생각해 낼 법한 멍청한 작전이지만 분명 그는 함정에 걸릴 것이다.

어쨌든 그는 어리고 착하니까.

저항하지 않는 상대를 처리할 만큼 어른이 아니니까.

착하다는 게 반드시 좋은 것은 아니다.

그 착한 마음씨로 살아나는 인간이 있는 반면, 착하기에 호된 꼴을 당하는 인간도 있다.

그가 가장 적절한 예일 것이다.

그는 물러 터진 사람이라서 그 선의를 내게 짓밟히고 평생 나를 위해 착취당하게 되리라.

더는 두렵지 않았다.

치유마법사…… 아니, 우사토는 코가 군처럼 어리고 게다가 다루기 쉬운 아이이니 간단히 속아 넘어갈 것이다.

부하를 버림으로써 마침내 무방비한 등을 보게 되었다.

소리 내지 않고 다가간 내 손은 훌륭하게 우사토를 붙잡았다.

웬만한 인간은 저항조차 할 수 없는 환영 계통 마력을 그의 머리로 보내고 성취감을 느끼며 나는 환희에 차 웃었다.

"하, 하하! 해냈어! 해냈어요!"

"......"

나는 지금 괴물을 수족으로 삼는 데 성공했다.

심지어 치유마법사다.

마족 사이에서는 태어나지 않는 강력한 회복 능력을 가진 자가 손에 들어왔다.

"먼저 저를 아군이라고 오인시키는 것부터 시작하죠."

이 전장에서만 쓰고 버릴 말이 아니다.

마족 이상의 완력을 가진 인물을 버리는 건 너무 아까우니 꼼꼼하게 환상을 박아 넣고, 싸움이 끝나면 마왕령으로 데리고 돌아가자.

"후후후......."

완전한 승리를 확신한 그때, 그의 몸통이 꿈틀거리더니 예리한 검은색 가시 같은 것이 내 심장을 노리고 튀어나왔다.

갑작스러운 일에 허를 찔린 나는 움직일 수 없었다.

『뒈져 버려!』

"어?"

가시가 나를 찌르려고 했을 때, 조종당하고 있을 터인 우사토의 오른팔이 움직여 가시를 잡았다.

"페름, 하지 마."

『......?! 우, 우사토, 너...... 조종당해서......!』

"괜찮아. 나는 멀쩡하니까."

"어? 어째......서......?"

나는 우사토에게 막으라고 명령하지 않았다.

그렇다면 눈앞의 그는 어째서 움직였지?

"왜 움직일 수 있는 거야?! 내 마법은 확실하게 걸렸을 텐데!"

내 손을 뗀 우사토는 「흥!」 하는 기합만으로 내가 주입한 환영 마력을 튕겨 냈다.

"어? ······어?"

이상하다.

완벽하게 허를 찔러서 마력을 주입했을 터다.

정상적인 인간이라면 접촉한 순간 환상에 걸릴 터다.

그걸 마치 거미줄을 치우듯 간단히 털어 냈다.

"저한테 당신의 환상은 듣지 않아요. 기껏해야 시야가 부예진 정도예요."

"아······으."

나는 뭘 보고 있는 걸까.

이 녀석은 무해하고 태평해 보이는 얼굴로 무슨 말을 하는 거지.

이건 뭐야.

무서워.

정체 모를 공포에 몸이 떨렸다.

그때, 뜬금없는 억측이 뇌리를 스쳤다.

"악마······."

"응?"

"환상에 저항하다니, 멀쩡한 정신일 리가 없어······."

악마가 실재하는지는 나도 모른다.

하지만 진정한 악마는 지금 내 눈앞에 있는 소년을 말하는 것이
리라.

"예? 아니, 저는—."

"맞아. 이 녀석은 인간의 탈을 쓴 악마야. 치유마법을 쓸 줄 아
는 악마야."

"힉?!"

"네, 네아?!"

어, 어깨에 있는 올빼미가 말했어?!

이 올빼미는 사역마가 아니었나?!

왜 인간의 말을 하는 거야?!

호, 혹시, 나는 지금 환영을 보고 있는 걸까? 그렇다면 대체 언
제부터…….

설마 그 엘프가……?!

지금까지 있었던 일련의 일이 너무나도 평범하지 않아서 어디서
부터 환상인지 판별할 수 없었다.

생각해 보면 이런 치유마법사가 존재한다는 것 자체가 이상했다.

좀 더 냉정하게 생각해 보면 아까처럼 하늘을 날아다니는 인간
이 있다는 것도 이상했다.

"마, 마법을 풀어야 해…… 깨어나야 해……!"

내게 걸린 환영을 없애기 위해 겁에 질려 떨면서 자신에게 환영
마법을 걸었다.

현실로 돌아가고 싶었다.

말도 안 되는 현실에서 달아나고 싶었다.

하지만 아무리 자신에게 환영마법을 걸어도 눈앞의 광경은 변하지 않았다.

"포기해. 네가 보고 있는 광경은 틀림없는 현실이야."

"그, 그럴 수가, 거짓말이에요. 이런 건, 말도 안 돼요……. 이런 인간은, 있어선 안 돼! 분명, 이건 환상이에요! 저는 뭔가 정신 공격을 받고 있는 거예요!"

"흐응……."

올빼미의 눈이 빨갛게 빛났다.

"나, 나는 존재조차 허락되지 않는 건가……."

우사토의 입꼬리가 실룩였다.

악몽은 끝나지 않았다.

궁지에 몰린 나는 품에 넣어 뒀던 호신용 단검을 꺼냈다.

"웃!"

이런 걸로 눈앞의 악마를 죽일 수 없다는 것은 잘 안다.

하지만 자신을 상처 입혀서 강제로 환상에서 깨어날 수는 있을 터!

"이봐! 뭐 하는 거야!"

"꺄악?!"

자신의 허벅지로 단검을 내리찍었으나 악마가 칼날을 잡아 압수해 버렸다.

절망에 빠져 얼굴을 드니 단검을 두 동강 낸 우사토가 화난 표정으로 나를 노려보고 있었다.

"성급하게 굴지 마!"

"저, 저를 고문하려는 건가요……?!"

"어, 어어……?"

깨어날 수도 없고 쉽사리 기절할 수도 없다.

겁먹은 나를 올빼미가 빨간 눈으로 보며 조소했다.

"됐고, 쓸데없는 저항 하지 마. 안 그러면 이 녀석이 무슨 짓을 할지 몰라. ……페름, 지금이야."

『맡겨 둬.』

곤혹스러워하는 우사토의 양쪽 어깨에서 박쥐를 연상시키는 날개가 생겼다.

불길한 칠흑색 날개.

깨끗한 느낌을 주던 흰색 옷은 지금 내게 공포의 대상으로 바뀌어 있었다.

"아, 아아아아……."

"으음, 저기요? 왜 그러세요?"

공포에 질린 나를 보고 고개를 갸웃한 그는 이쪽으로 손을 뻗었다.

예리한 형상의 끔찍한 악마 같은 손이 코앞으로 다가오자 내 정신은 한계를 맞이했다.

"자, 잘못했어요, 잘못했어요! 이제 나쁜 짓 안 할 테니까 용서해 주세요……!"

"예? 개심한 건 좋은데, 그 이상 물러나면 위험—."

"아—."

도망치듯 뒤로 넘어진 나는 이상한 부유감에 휩싸였고 시야가 새까맣게 물들었다.

＊＊＊

한나의 환영마법을 자신의 내성으로 극복해 낸 나는 그녀를 구속하려고 했다.

하지만 이상하게 당황한 한나가 맹렬히 사죄하며 내게서 도망치듯 넘어져 비룡에서 떨어지고 말았다.

"위, 위험할뻔했어……."

눈을 까뒤집은 한나의 손을 잡아서 끌어 올린 나는 안도의 한숨을 쉬었다.

군단장을 놓칠 수는 없으니 말이지.

도망쳐서 또 아군을 조종하면 큰일이다.

"……이제 밑으로 내려가기만 하면 돼."

일단 한나 행세를 해야 했던 마왕군 병사에게 말을 걸었다.

"이 비룡을 지상으로 내려 주세요. 이번에야말로 안전하게 부탁드려요."

"제, 제 영혼은 맛없어요! 요, 용서해 주세요오……! 아직 죽고 싶지 않아요오!"

"……."

울상 수준이 아니라 진짜로 엉엉 울며 살려 달라고 비는 병사를 보고 말문이 막혔다.

어, 어떻게 된 거지? 어, 어째서 내게 영혼까지 뺏길 거라고 생각하는 거야? 내가 그녀에게 뭘 했다고……?

전에 없던 엄청난 괴물 취급에, 본의 아니게 이런 취급에 익숙해진 나도 혼란스러웠다.

"야, 너희. 뭔가 했다면 솔직히 말해. 화 안 낼 테니까."

나는 의심스러운 두 사람을 추궁해 보았다.

"아무것도 안 했는데?"

『단순히 네가 악마로 보인 거 아니야?』

"평범하게 악마 같은 짓 했잖아."

『응응.』

이, 이 올빼미와 마족 녀석……!

평소에는 티격태격하던 녀석들이 환상적인 호흡으로 태클을 걸어와서 핏대가 불거졌다.

나중에 반드시 듣고 말겠어……!

"아, 아아아, 안전하게, 안전하게 내려가자. 히, 힘내, 숀. 너는 강한 비룡이야……!"

"크아아……."

"싸움이 끝나면 함께 대륙 전토를 여행하자고 약속했잖아……!"

고삐를 쥔 병사의 캐릭터가 강렬하다고 느끼며 지상에 착지한 것을 확인했다.

지상에서는 여전히 프라나 씨와 기사분들이 마족군과 싸우고 있었지만, 내가 군단장인 한나를 포획한 것을 보고 일제히 움직임을 멈췄다.

"하, 한나 님이……?!"

"하늘은 안전할 텐데 어째서!"

"그보다 봤어?! 저 치유마법사, 아까 검은 날개가……."

사령탑인 군단장을 붙잡은 덕분에 기세가 꺾인 듯했다.

"군단장이 사라진 지금이 기회야! 이곳을 제압한다―!"

"""오오오오!"""

동요하는 병사들에게 추격타를 가하듯 기세를 올린 기사들이 달려들었다.

붙잡은 한나와 병사를 후방의 기사에게 맡기려고 하니 프라나 씨가 달려왔다.

"우사토, 괜찮아?!"

"응. 어떻게든 했어."

"뒷일은 나한테 맡겨! 이 이상 나쁜 짓을 못 하도록 확실하게 구속해 둘 테니까!"

프라나 씨의 말에 고개를 끄덕이고 기절한 한나를 넘겼다.

기절한 한나의 얼굴과 옆에서 고개 숙인 채 떨고 있는 병사를 보고 프라나 씨가 의아해했다.

"뭔가 이 세상 것이 아닌 존재를 본 듯한 얼굴로 기절해 있는데…… 뭘 한 거야? 뒤에 있는 병사도 심상치 않게 겁먹었고……."

그건 나도 알고 싶다.

노골적으로 시선을 피한 네아에게 나중에 확실히 추궁할 생각이다.

"한나를 붙잡았으니 이쪽 전황은 어느 정도 회복될 거야. 그래도 우리가 열세라는 점은 변함없지만……."

"그렇다고 해도 아군에게 공격당할 걱정이 사라진 건 큰 수확이야. 지휘관을 잃은 지금이라면 우리가 밀어붙일 수 있어!"

그렇다면 나는 여기서 발을 멈추지 말고 다음 전장을 보조하러 가야 한다.

"그럼 나는 다음 장소로—."

걸음을 떼려고 하자 가벼운 현기증이 엄습해서 넘어질 뻔했다.

"읏, 우사토!"

『이, 이봐!』

사람 모습으로 돌아온 네아가 부축해 줘서 넘어지진 않았지만, 나는 자신이 생각하는 것보다 더 피곤한 상태임을 자각했다.

"우사토, 조금이라도 좋으니까 쉬어야 해! 안색도 안 좋아!"

"프라나 말이 맞아. 이대로 가면 못 버텨."

마력을 절약하는 훈련은 했지만, 역시 연속으로 마력을 폭발시키는 건 힘들었던 모양이다.

하지만 현기증이 난 건 잠시였고 금세 나았다.

혼자서 일어나려고 하자 그리 멀지 않은 곳에서 굉음이 울렸다.

그쪽을 보니 사룡과 비슷하거나 더 큰 뱀이 날뛰고 있었다.

그 입에서 독살스러운 색깔의 액체가 뿌려지고 있는 것 같았다.

"아직 쉴 수는 없어……."

"······알겠어. 하지만 한계라고 판단하면 마술을 써서라도 막을 거야."

『여차하면 내가 우사토의 몸을 덮은 마력으로 억지로 움직이겠어.』

뭐야, 그거. 처음 듣는 얘기인데.

그렇게 내 몸을 네 몸처럼 움직일 수 있는 거야?

하지만 스스로 멈추지 못한다는 자각은 있기에, 여차할 때 그렇게 해 주는 것은 고맙다.

한숨을 쉬고서 올빼미 모습으로 돌아와 어깨에 앉은 네아를 본 뒤, 프라나 씨에게 시선을 돌렸다.

"그런고로 나는 먼저 갈게."

"카즈키처럼 한번 정하면 굽히지 않는구나. 그렇다면 이 이상은 말리지 않을게. ······하지만 네가 무리하면 카즈키랑 스즈네도 슬퍼하니까······ 절대 죽지 마."

"······그래!"

나를 보고 슬픈 표정을 지은 프라나 씨에게 고개를 끄덕였다.

그대로 앞으로 몸을 돌리고 거대한 뱀과 기사들이 싸우고 있는 곳으로 향했다.

설령 전력이 되지 않더라도 저 뱀의 독에 당한 사람들을 고치는 것 정도는 할 수 있을 터다.

✿제13화 격전! 질 수 없는 싸움!!

마왕군 제2군단장, 코가.

어둠 계통 마법을 휘감은 그의 움직임은 우사토와 정반대였다.

우사토가 싸우는 상대의 움직임을 파악하고 가차 없이 카운터를 먹이는 타입이라면, 코가는 종횡무진 움직이며 허를 찌르듯 예리한 일격을 가하는 타입이었다.

"빛이여!"

마력탄을 조종하면서 코가에게 검을 내리쳤다.

코가가 팔로 검을 막음과 동시에 마력탄이 쏟아지도록 조종했으나 코가의 등에서 자란 낫이 그것들을 없애 버렸다.

"그 정도로는 나를 칠 수 없어! 용사!"

"평범한 마력탄은 등에 있는 저게 없애 버리네······."

평범하게 조종하는 마력탄은 말하자면 풍선과 같다.

지금처럼 낫으로 베기만 해도 안에 든 마력이 터져 버린다.

"방식을 바꿀까······."

말은 힘이다.

소리 내어 말하고, 귀로 듣고, 머리로 그것을 인식한다.

머리로 전부 생각하여 마법을 움직이는 것보다 말에 담긴 이미지를 마법으로 형상화하여 조종하는 편이 효율적이고 마법을 형성하는 속도도 현격히 빠르다.

아마 우사토도 나와 비슷한 이유로 기술명을 외치고 있을 터다.

"……차크람."

그렇게 중얼거리고서 마력탄을 모아 다른 형태를 만들었다.

원형 부메랑과 닮은 형상으로 변한 두 마력탄이 고속으로 돌기 시작했다.

"없앨 수 있으면 없애 봐라!"

"으엑, 그게 뭐야……!"

마력탄을 원형으로 바꾸는 기술은 고속으로 회전시켜 접촉한 것을 절단하는 위험한 기술이다.

평범한 마력탄과 달리 두 개만 조종할 수 있지만 그래도 충분한 위력이 있었다.

그것들을 코가에게 날렸다.

"썰어 버려!"

"얼마든지 받아쳐 주마!"

코가는 지면에 양손을 짚더니 등에서 나온 낫 네 개를 고속으로 회전하는 마력탄에 보냈다.

두 마력탄은 낫을 썰어 버리고 그대로 코가의 몸통과 목을 잘라내기 위해 날아갔다.

"웬만한 방어로는 막을 수 없나!"

"받아라!"

왼손으로 오른팔을 받치고 손바닥에서 연속으로 빛마법 광선을 쏘았다.

크게 키운 팔로 그것들을 튕긴 코가는 자신을 썰어 버리려고 날아오는 마력탄을 피하며 내게 접근을 시도했다.

"쫓아가지 못하나……."

내 마법 계통은 빛이지만 그렇다고 해서 빛과 같은 속도로 조종하지는 못했다.

대상을 가차 없이 소멸시키는 정화의 빛을 의미했다.

그래서 마법으로 만든 빔이나 마력탄의 속도는 선배의 전격보다 느렸고, 우사토나 코가처럼 움직임이 빠른 상대와는 상성이 아주 나빴다.

"네 마법은 경이적이지만 나를 잡기에는 너무 느려……!"

"얕보지 마!"

하지만 그래도 방법이 없지는 않다!

양손으로 든 검으로 코가가 휘두르는 손톱을 쳐 냈다.

코가의 움직임은 빨라서 파악하기 어렵지만―.

"하아아!!"

우사토와의 대련을 겪은 지금이라면 대처하지 못할 속도는 아니다!

코가의 몸에서 날아온 띠를 피함과 동시에 손바닥에 생성한 마력탄을 날렸다.

"하! 그렇게 느린 건 안 맞아!"

그것도 등에서 나온 낫이 바로 대처했지만, 회피한 순간을 노리고서 한쪽 손으로 바꿔 쥔 검을 높이 들어 목을 베기 위해 휘둘렀다.

검은색 마력에 막힐 것은 알고 있다.

이건 어디까지나 진짜 일격을 가하기 위한 블러핑이다!

검을 들지 않은 손바닥에 마력을 응축시켜 작은 빛의 검을 만들어 냈다.

"뚫어라……!"

그것을 주먹에 띄우고, 검을 방어하는 데 정신이 팔린 코가에게 내질렀다.

노리는 곳은 심장!

대응하기 전에 즉사시킨다!

"광점검(光點劍)_{플래시 포인트}!!"

"이런?!"

기술명을 외침과 동시에 빛의 검을 코가의 몸통에 때려 박았다.

이 기술은 타격과 함께 빛의 마력을 응축시킨 검을 날려서 방어 자체를 소멸시키고 관통하는 일격!

하지만 빛의 검이 심장을 뚫기 직전에 코가가 부자연스러운 충격으로 튀었고 밀려난 것처럼 뒤로 넘어졌다.

코가는 자신의 양팔을 보고 감탄했다.

"그렇군. 우사토와 달리 나는 이렇게 되는 거네."

"방금 그건…… 우사토가 쓰던……?!"

코가가 뒤로 넘어지기 직전에 그의 양팔에서 슬러지 같은 마력이 터졌다.

분출된 검은 마력이 검과 비슷한 가시로 변화했고 그것이 손에서 여러 개 튀어나와왔었다.

"그야 몇 번이나 몸으로 받았으니까. 그 녀석이 뭘 하는지는 알 수 있어. 뭐, 방법을 알았어도 정상적인 짓은 아니지만."

곧장 팔을 원래대로 되돌린 코가는 아연해하는 나를 향해 살랑 살랑 손을 흔들었다.

피는 나지 않았다.

코가도 우사토처럼 마력을 폭발시켜도 괜찮은 건가……?

"원래 어둠마법은 육체와 동화시키는 마법이야. 페름과 동화한 우사토가 가능한데 내가 못 할 리 없지."

"마력을 직접 폭발시킨 건가……."

"실패해도 죽는 것보다는 나으니까. 하지만 이거, 굉장히 용기가 필요해. 이런 걸 그 녀석은 잘도 그렇게 펑펑 써 대네."

코가는 등의 낫을 되돌리며 쾌활하게 웃었다.

가면을 쓰고 있어서 표정은 알 수 없지만 확실하게 희색만면하여 웃고 있을 것이다.

"우사토에게 고마워."

"……뭐?"

"그 녀석과 싸울수록 나는 강해질 수 있어. 역시 내 호적수야! 하하하하!"

"……."

우사토는 싸우고 싶어서 싸우고 있는 게 아니다.

전쟁으로 다치는 사람들을 지키기 위해 구명단으로서 싸우고 있었다.

"진정해…… 도발에 넘어가지 마……!"

여기서 화내면 상대가 바라는 대로 되는 것이다.

그렇게 자신을 타이르고 코가가 조금 전에 쓴 힘에 관해 고찰했다.

우사토와 똑같은 기술을 썼으니 녀석도 우사토와 비슷하게 이동할 수 있을 것이다.

아까까지 우사토와 싸웠던 코가가 그걸 안 쓸 리가 없다.

"바로 결판을 내야 해."

솔직히 전력으로 싸우는 우사토를 상대하는 건 정신적인 면을 빼더라도 힘들다.

우사토는 나나 선배와는 다른 성장을 보였다.

그 성장은 누구도 예측할 수 없었고, 싸우는 와중에도 새로운 기술을 고안하여 주저 없이 실천했다.

싸우는 방식은 다르지만 코가도 우사토와 비슷하게 무슨 짓을 할지 예측할 수 없는 성가신 상대였다.

그렇게 판단한 나는 옆에 체재시켰던 원형 마력탄을 조종하여 코가에게 날렸다.

"가라!"

"오? 뭐, 올바른 판단이야. 하지만―."

양팔을 크게 젖힌 코가가 날아오는 마력탄에 팔을 부딪치고 그대로 마력을 폭발시켰다.

그 순간, 코가의 양팔에서 아까 봤던 가시가 충격과 함께 튀어나왔다.

"안타깝게도 이건 이제 안 통해."

코가는 마력탄을 강제로 없애 버렸다.

"충격과 고농도 마력으로 상쇄했어……!"

원형 마력탄을 없앤 코가는 양손으로 지면을 짚고 몸을 변형시키기 시작했다.

"하아아아……!"

지금까지는 등에서 낫을 네 개 만든 사람과 짐승의 중간 정도 되는 모습이었지만, 이제는 호저처럼 등에 검과 비슷한 가시가 나 있었다.

마치 살상 능력만을 특화한 듯한 모습을 보고 나는 경계 수준을 최대한으로 높였다.

"자, 그럼 그 녀석처럼 나도 새로운 전법으로 싸워 볼까……!"

"윽!"

동요를 억누르며 다음 마력탄을 생성하려고 한 순간, 조금 전까지 10미터 이상 떨어져 있었던 코가가 눈앞으로 왔다.

바로 검으로 쳐서 요격하려고 했으나 비정상적인 속도로 피해 버렸다.

"마력을 폭발시켜서 순간적인 가속을 얻었나?!"

"맞아!"

빠르다……!

지금까지는 대응할 수 있었지만, 우사토와 똑같은 방식으로 가속하면서 코가의 움직임은 더욱 변칙적으로 변하고 말았다.

간신히 그 움직임을 눈으로 좇았다.

"웃, 거긴가!"

"터져라!"

뒤돌고 검을 들어서 방패로 삼았다.

그러든 말든 상관하지 않고 코가는 치켜든 주먹으로 검을 때렸다. 그와 동시에 그 주먹에서 강렬한 충격파가 발생하며 검은색 마력으로 형성된 가시 몇 개가 튀어나왔다.

"윽!"

전부 피하지는 못해서 왼쪽 어깨와 옆구리에 가시가 박혔다.

아파하고 있을 여유는 없다!

발생한 충격파를 이용하여 넘어지듯 뒤로 회피하며 전방으로 손바닥을 들고 마력탄을 연속으로 날렸다.

기관총처럼 발사된 마력탄을 가뿐하게 피하는 코가를 시야에 담으며 식은땀을 흘렸다.

"익숙해지는 데 시간이 걸리겠어……."

평범한 공격에 충격파와 가시가 추가로 딸려 왔다.

속도도 현격히 올라서 어중간한 거리에서 싸우면 내 쪽이 불리했다.

지금껏 하던 방식으로 대처해서는 못 이긴다.

일부러 계속 폭발시키도록 해서 마력을 소모시키거나, 부상을 각오하고 확실하게 내 마법으로 즉사시키거나……. 어느 쪽이든 자신은 있지만 그런대로 위험은 각오해야 했다.

마력탄을 피해 달려드는 코가에게 응전하려고 했을 때, 내가 있는 곳으로 화염과 번개를 두른 누군가가 날아오고 있음을 깨달았다.

화염을 흩뿌리며 깔끔하게 착지한 그 사람은 머리카락 끝에 불이 붙었음을 눈치채지 못한 채 웃으며 나를 돌아보았다.

"카즈키 군, 괜찮아?"

"선배, 그건 제가 할 말이에요……. 머리가 타고 있어요."

"어? 거짓말…… 아, 앗뜨?!"

착지한 순간은 멋있었는데, 맥 빠지는 사람이야…….

머리에 붙은 불을 허둥지둥 끄는 선배에게서 코가 쪽으로 시선을 돌리자 그는 이어서 이곳에 나타난 마족— 아미라를 곁눈질하며 멈춰 있었다.

아미라는 어깨에서 피를 흘리고 있었지만 아직 전의는 약해지지 않은 것 같았다.

"후우! 역시 군단장급 실력자야. 상대의 화염도 이용한 내 미라클 필살기 『염뢰질주참(炎雷疾走斬)』으로 겨우 한 방 먹였어……!"

"하하하……. 선배는 괜찮아요?"

"나는 아직 쌩쌩해. 하지만 검은 아까의 일격을 버티지 못한 모양이야."

그렇게 말하고 선배가 든 검은 금이 가서 반으로 부러져 있었다.

상당한 강도를 가진 검일 테지만, 선배의 힘은 버티지 못한 듯했다.

내가 가진 검도 한계가 가깝다는 건 막연하게 알 수 있었다.

"이건 혹시 절체절명의 위기일까?"

"선배는 조금도 그렇게 생각 안 하잖아요?"

"후후, 맞아. 그렇지."

그렇게 말하고서 선배는 근처에 떨어져 있던 검을 주웠다.

"전장에 무기는 썩어 날 정도로 많으니까. 잘 쓰던 검이 부서졌다면 이번에는 이쪽을 쓰면 그만이야."

회복마법으로 응급 처치를 끝내고 상대를 돌아보았다.

절체절명 같은 것은 아니다.

"한심한 모습은 지난번에 실컷 보여 줬으니까요. 이번에는 멋진 모습을 보여 줘야죠."

이번에는 확실하게 싸우고— 그리고 이긴다!

"포기하지 말고 싸우죠."

"그래!"

결의를 더욱 단단히 다진 나와 선배는 눈앞의 강적들에게 맞서 나갔다.

❀제14화 또 한 명의 희망!!

 전장에 독을 뿌리며 날뛰는 거대한 뱀.

 그것은 이전에 내가 링글의 숲에서 조우했던 뱀과 흡사했지만 그 크기는 너무나도 달랐다.

 사룡과 비슷한 크기의 거대 생물이 마구 날뛰며 기사들을 괴롭히고 있었다.

 "괴, 괴로워……."

 "으윽, 아아아……!"

 "시급히 치료가 필요한 사람은 저에게! 아닌 분은 검은 옷에게 맡겨 주세요!"

 "네!"

 거대한 뱀이 있는 장소에서 떨어져 있는 곳에도 피해는 미치고 있었다.

 한나를 포획한 곳으로부터 그리 멀지 않은 후방에서 뱀의 독에 당한 사람들을 치료하던 나는 바쁘게 주위를 둘러보며 후방에 대기 중인 기사들에게 지시를 내렸다.

 "우사토 님, 이자를 부탁드립니다!"

 "알겠어요!"

 뱀이 토한 독을 흡입하여 목을 마구 긁으며 괴로워하는 사람, 독이 닿은 곳을 부여잡고서 통증을 호소하는 사람.

이 정도라면 그래도 회복마법 등의 응급 처치가 효과를 보지만, 대량으로 독을 맞은 경우에는 시급한 치료가 필요했다.

"계통 강화!"

치유마법의 계통 강화를 손끝에 발동시켜 독으로 괴로워하는 기사에게 베풀었다.

짙은 초록빛이 기사의 몸을 덮자 곧 기사의 표정이 편안해졌다.

치유마법의 계통 강화 특징인 「강화된 회복력」만을 발휘하기 위해 손끝에 최소한의 마력으로 계통 강화를 행했다.

적은 마력으로 치명상을 고쳐서 검은 옷에게 맡길 수 있지만, 지금의 내게는 완치시킬 여유가 없었다.

"……마치 사룡의 독 같아."

"그러게. 안 좋은 기억이 떠올라……."

예전에 사룡의 독을 맞은 적이 있는 내가 보기에, 이 독을 뿌리고 있는 뱀이 사룡과 무관계할 것 같지는 않았다.

바람은 이쪽으로 불고 있어서, 미량이지만 공기 중에 독이 섞여 있었다.

이 거리라면 거의 문제는 안 되겠지만, 저곳에서 싸우고 있는 사람들에게는 아니었다.

"큭……."

마력을 잃어서 그런지 맹렬한 피로가 엄습했다.

체력은 아직 거뜬하지만 마력만큼은 어쩔 수가 없었다.

"……가자. 여기 멈춰 서 있을 수는 없어."

상황은 계속 바뀌고 있었다.

이곳을 검은 옷들에게 맡기고서 거대한 뱀이 날뛰는 장소로 가려고 하니—

"크앙!"

"오오?!"

흙먼지를 일으키며 내 앞에 블루링이 나타났다.

그리고 블루링은 내게 등을 보였다.

"블루링?"

"크룽!"

"타라는 것 같아……."

"블루링, 너……."

늘 너를 업기만 했던 내가 네 등에 타게 될 줄이야…….

"고마워."

지금부터 갈 곳에는 블루링이 있는 편이 좋다.

혹시 이 녀석도 그걸 알고서 같이 가려고…… 아니, 생각할 필요는 없나.

"역시 네가 있어서 든든해!"

"크아아앙!"

"가자! 파트너!!"

나는 블루링의 등에 올라타 벨트를 잡았다.

믿음직하게 포효한 블루링은 힘차게 땅을 박차고 달리기 시작했다.

같은 편 기사를 피하며 속도를 올려서 순식간에 전선으로 달려나갔다.

"우사토! 저 뱀이 마물을 끌어당기고 있어!"

거대한 뱀이 날뛰는 곳 근처라서 그런지 마물의 수가 많았다.

보통 같았으면 돌파하느라 애먹었겠지만 지금 나를 태우고서 달리고 있는 녀석은 많은 이들이 두려워하는 마물, 블루 그리즐리였고 긴 여행을 함께한 파트너였다.

블루링에게 어중간한 마물 따위 오합지졸에 불과했다.

"블루링, 갈 수 있지?"

"크앙!!"

우렁차게 울부짖은 블루링이 더욱 속도를 높였다.

하지만 아무리 블루링이 강해도 이렇게 많은 마물을 돌파하려면 다칠 수밖에 없을 것이다.

"페름, 블루링에게 마력을 씌울 수 있어?"

『네가 접촉하고 있으면 가능해!』

"부탁해!"

그 목소리와 함께 내 양발에서 검은색 마력이 블루링의 몸으로 전달되어 그의 몸 앞면을 덮었다.

블루링의 머리와 몸을 보호하는 중후한 검은색 장갑과 측면의 공격을 막는 타원형의 검은색 방패가 형성되었다.

돌격에 특화된 마력 갑옷을 입은 블루링은 자신의 변화에 놀라지도 않고 더욱 용맹하게 포효하며 눈앞으로 육박한 마물에게 몸통박치기를 먹여 나갔다.

"이름하여 블루링 아머! 다치기 싫으면 길을 비켜라, 마물들아! 하하하! 블루링! 최고의 콤비네이션이야!!"

"크아아아아앙!!"

그대로 돌진하니 그리 멀지 않은 곳에 거대한 뱀의 사체가 있었다.

"저건……?"

꼬치가 된 커다란 뱀.

마왕군과의 지난 싸움에서 선배와 카즈키가 쓰러뜨린 뱀과 똑같은 개체였다.

자세히 보니 뱀의 머리와 몸통에는 땅에서 튀어나온 커다란 원뿔형 가시 같은 것이 박혀 있었고 그것 때문에 절명한 것 같았다.

"땅에서 튀어나온 공격…… 하이드 씨인가!"

니르바르나 왕국 전사단의 전사장, 하이드 씨.

루크비스 회담 때 짧게 대련한 사이인데 내게 많은 것을 가르쳐 준 사람이었다.

하이드 씨라면 저 뱀에게도 뒤처지지 않을 터.

『우사토, 저기 꼬치가 된 뱀은 아마 마족이 만든 바르지나크라는 마물일 거야.』

내 안쪽에서 페름의 목소리가 들렸다.

"저건 자연의 마물이 아닌 거야?!"

"그래서 처음 보는 생김새였구나……."

페름의 말에 나와 네아가 놀랐다.

어떤 방법으로 만들었는지는 모르겠지만, 설마 그런 생물이 존재할 줄은 생각도 못 했다.

그렇다면 저 커다란 개체는 강화판 바르지나크인가.

"크앙!"

"웃, 보이기 시작했나!"

블루링의 목소리를 듣고 앞을 보니 대형 바르지나크의 모습이 확실하게 보이는 위치까지 와 있었다.

니르바르나 왕국 전사단의 전사들이 날뛰는 바르지나크를 계속해서 공격하고 있었다.

그중에 마법을 날리며 부대를 지휘하는 하이드 씨가 있었다.

"이 커다란 놈을 포위해! 독을 조심해라! 그 녀석의 독에 당하면 움직임이 둔해져!"

"샤아아아!"

"어이쿠! 이쪽을 노리는 건가! 똑똑한 녀석이야!"

지시를 내리는 하이드 씨에게 바르지나크가 횡으로 꼬리를 휘둘렀다.

이에 하이드 씨가 마력을 담은 창을 땅에 꽂았고 여러 흙벽이 올라와 바르지나크의 공격을 막았다.

그사이에 하이드 씨는 공격 범위에서 도망쳤지만, 그때 바르지나크가 뺨까지 찢어진 입을 비튼 것을 나는 놓치지 않았다.

위험해!

"미안, 블루링! 먼저 갈게!"

"크앙!"

블루링의 갑옷을 해제하고 전속력으로 하이드 씨 곁으로 향했다.

그사이에 바르지나크는 그 커다란 입을 벌려 위턱에 난 이빨에서 독 같은 것을 하이드 씨에게 분사했다.

사이에 끼어들어 치유마법 파열장……을 쓰면 늦는다!

띠로 당기는 것도 안 된다.

"그렇다면! 치유마법 가속탄으로!"

손바닥에 치유마법탄을 만들고 팔에서 마력을 폭발시키며 하이드 씨에게 던진다!

"으헉?!"

"""저, 전사장님?!"""

독을 눈치챈 하이드 씨가 위를 올려다봄과 동시에 그의 옆구리에 치유 가속탄이 직격으로 들어갔다.

하이드 씨는 그 충격으로 5미터쯤 옆으로 날아갔다.

다음 순간, 하이드 씨가 있던 곳에 독살스러운 색의 액체가 쏟아지며 땅이 녹는 듯한 소리가 났다.

"그리고 치유 시야봉인!"

이어서 손바닥에 생성한 마력탄을 바르지나크에 눈에 날려 시야를 일시적으로 봉인했다.

"샤아아아?!"

갑작스러운 일격에 몸으로 지면을 때리는 바르지나크와 일제히 공격에 나서는 니르바르나의 전사들을 확인한 나는 불가항력이라고는 하지만 힘껏 던진 마력탄을 맞고 날아간 하이드 씨 곁으로 서둘러 달려갔다.

하이드 씨의 부관인 헬레나 씨가 근처에 있는 부하들에게 바르지나크를 공격하라고 명령하며 이쪽으로 다가왔다.

"죄송해요! 그래야만 했던지라 마력탄을 맞히고 말았어요!"

"아뇨. 공격에서 구해 주셨다는 건 저도 압니다! 그보다 전사장님을……."

헬레나 씨와 함께 쓰러진 하이드 씨에게 다가가자 그는 치유 가속탄이 직격한 부분을 누르며 괴롭게 웃었다.

"헬레나, 이제 내가 없어도 괜찮겠지. 나머지는 순서대로 녀석을 끝장내……."

"저기, 전사장님?"

"나는 여기까지다……. 이상하군. 임종의 순간인데 몸이 가벼워……."

""…….""

충족된 얼굴로 눈을 감은 하이드 씨를 보고 나도 모르게 헬레나 씨와 얼굴을 마주했다.

치유마법 마력탄을 맞았으니 다쳤을 리가 없다.

애초에 혈색도 좋고, 누르고 있는 옆구리에서는 피도 안 났다.

『뭔가 이 녀석, 우사토 같아…….』

"응, 우사토 같아……."

어이, 왜 나와 비슷한 평가를 받는 게 불명예인 것처럼 말하는 거야.

네아와 페름의 중얼거림에 뺨을 실룩이며 조심조심 하이드 씨에게 말했다.

"하, 하이드 씨, 하이드 씨는 안 죽어요. 맞은 건 제 치유마법이에요."

"전사장님, 우사토 군이 전사장님을 살렸습니다. 어서 일어나십시오."

"……."

짧게 침묵한 후 벌떡 일어난 하이드 씨는 자신의 몸을 만지며 확인했다.

되게 민망한 기분이야…….

몇 초 후, 하이드 씨는 어색하게 말하며 이쪽을 돌아보았다.

"아, 아무래도 네가 나를 살렸나 보군! 하하하!"

"……."

"솔직히 아까는 나도 허를 찔렸어! 마법 벽이 사라지는 타이밍을 가늠하여 독을 분사할 줄이야! 하지만 네가 와 줬지! 내게는 더할 나위 없는 행운이야!"

변함없이 밝은 사람이라고 생각하며 맞장구친 나는 뒤이어 도착한 블루링과 함께 전사들에게 공격받고 있는 바르지나크 쪽으로 시선을 돌렸다.

"정말이지 엄청난 마물이야. 한 번 본 기술에는 반드시 대응하는 영리함과 사람을 속이려 드는 교활함을 겸비하고 있어."

"한 번 본 기술에는 대응한다고요……?"

"아까 내 마법으로 저것보다 작은 녀석을 꼬치로 만들어서 죽였는데 녀석도 그걸 봤는지 땅에서 공격이 오기 전에 피하더군. 어쩌면 마력을 감지하는 기관이 있을지도 몰라."

몸집도 큰데 머리도 좋나.

지금까지 유효타를 가하지 못했던 것 같지만, 치유 시야봉인으로 예상치 못한 일격을 먹이면서 공격에 나서게 된 듯했다.

"하지만……."

싸우고 있는 병사들의 안색도 좋지 않았다.

아마 바르지나크가 토한 독액에서 나온 독기가 점점 몸을 좀먹고 있을 것이다.

개중에는 피를 토하며 무릎 꿇는 사람도 있었다.

"다들 중독됐네요. 헬레나 씨도."

헬레나 씨의 어깨에 손을 얹고 치유마법으로 해독했다.

이걸로 한동안은 괜찮겠지만 이대로 여기 있으면 다시 중독된다.

"아, 고마워. 전사장님은?"

"나는 아까 맞아서 이제 괜찮아. 그보다 우사토—."

"당장 다른 분들의 독을 치유하겠어요!"

손바닥에 마력탄을 띄우고 그것을 니르바르나의 전사들에게 날렸다.

몸을 좀먹는 독은 이걸로 고쳐질 터다.

"……윽."

마력이 줄어들어 시야가 흐려지는 것을 자각하며 근처에 있는 전사들의 독을 치유한 나는 이어서 지금 내 상태로는 완치시킬 수 없을 만큼 다친 사람을 블루링의 등에 태웠다.

"블루링, 이 사람들을 부탁해."

"크앙!"

"……응, 너도 힘내!"

부상자를 등에 태운 블루링은 고개를 끄덕이고서 흙먼지를 일으키며 힘차게 거점으로 달려갔다.

그 모습을 지켜본 나는 바르지나크에게 가하는 총공격을 지휘 중인 하이드 씨 옆에 섰다.

"—우사토, 너는 이제 움직이지 않는 편이 좋겠어."

"네?"

다시 치료하기 위해 앞으로 뛰어 나가려고 했지만 그것을 하이드 씨가 막았다.

"마력이 거의 한계에 달했지? 잠깐이라도 좋으니 너는 쉬어야 해."

"하지만…… 윽?!"

나도 모르게 언성을 높이고 말았지만 마력 부족으로 눈앞이 어질어질해졌다.

"어이쿠."

바르지나크에게 시선을 보낸 채 내 몸을 부축한 하이드 씨가 살짝 표정을 찌푸렸다.

"당장에라도 쓰러질 것 같잖아. 네 사명은 잘 알지만, 지금은 자신을 우선해라."

다소 강한 어조로 그렇게 말해서 나는 반론도 하지 못하고 입을 다물 수밖에 없었다.

하이드 씨의 말대로 마력은 거의 한계에 달했다.

체력은 여력이 있는데, 내 어중간한 마력량이 원망스럽다…….

"샤아아아아아아!"

그때, 바르지나크가 쉰 목소리로 외치는 게 들렸다.

그쪽을 보니 바르지나크의 몸에 셀 수 없이 많은 화살이 꽂혀 있었고, 마법에 의한 상처도 많이 나 있었다.

평범한 마물이라면 진작 죽었어도 이상하지 않은 상처인데 그 거대한 몸은 여전히 움직이고 있었다.

"공격을 쉬지 마라! 준비한 대로 물마법과 땅마법을 쓰는 자는 그 녀석의 발치를 무너뜨려라!"

""""예!""""

거의 만신창이 상태인 바르지나크를 확인한 하이드 씨는 각 부대에서 대기 중이던 몇몇 전사에게 소리쳐 지시했다.

씩씩하게 대답한 전사들은 함성과 함께 물마법으로 바르지나크의 발치를 적셨고, 땅마법을 쓰는 전사가 질척해진 지면을 조종하여 바르지나크의 움직임을 봉했다.

"전원! 일제 공격! 마력이 얼마 남지 않은 자는 창이든 검이든 뭐든 던져서 녀석의 체력을 깎아라!"

""""오오오오오!!""""

이곳에 있는 모든 니르바르나의 전사들이 바르지나크를 전력으로 공격했다.

흙먼지가 일며 바르지나크의 모습이 희미해졌지만 녀석은 확실히 거기서 공격을 맞고 있었다.

그것을 확실하게 눈으로 확인한 하이드 씨가 오른손에 대량의 마력을 모았다.

"이 상황이라면 맞아 주겠지!"

단단히 손을 움켜쥔 하이드 씨는 하늘 높이 주먹을 들고 그대로 땅을 쳤다.

다음 순간, 땅에서 솟아난 거대한 가시가 흙먼지에 가려진 바르지나크의 머리에 박혔다.

일순 경련했다가 바르지나크의 몸에서 힘이 빠져나갔다.

탄내와 흙먼지에 코와 입을 가리며 하이드 씨에게 말했다.

"쓰러뜨렸을까요?"

"확실하게 머리를 뚫었을 터. 그리고 그렇게나 공격을 받았어. 살아 있더라도 틀림없이 빈사 상태일 거야."

확실히 그렇게나 공격을 받았으니 무사하지는 못할 것이다.

점차 흙먼지가 걷히며 바르지나크의 모습이 드러났다.

"어?"

의문스러워하는 그 목소리는 누가 낸 것이었을까…….

바르지나크의 모습은 우리가 상상했던 모습과 명백하게 달랐다.

"이봐, 설마 이건…….'

새하얗게 변색된 피부와 빈껍데기처럼 텅 빈 머리.

희미하게 찢어진 피부 사이로 보이는 반들반들한 비늘.

"탈피하는 건가?!"

"뭐야, 저거. 기분 나빠!"

바르지나크는 빈껍데기가 된 외피를 찢으며 탈피했다.

그 몸에서 전사들이 만든 상처는 보이지 않았다.

"자가 재생 능력을 가졌다니 반칙이잖아……. 심지어 미묘하게 커진 것 같아."

지금껏 조우했던 마물과는 일선을 긋는 괴물을 보고 아연해하고 있으니, 누구보다 빨리 냉정함을 되찾은 하이드 씨가 바르지나크를 노려보았다.

"터무니없는 괴물도 다 있군……!"

"하이드 씨, 어쩌죠?"

"일단은 태세를 정비한다. 헬레나! 나와 부하들이 녀석의 발을 묶을 테니 그사이에 모두를 대피시켜!"

헬레나 씨에게 지시한 하이드 씨가 도끼를 만들어 땅에서 뽑았다.

아직 여력이 있는 전사들이 마찬가지로 무기를 들자 완전히 탈피를 끝낸 바르지나크가 움직이기 시작했다.

"기샤아아아아아!"

"윽……!"

아까보다도 더 듣기 싫은 외침에 나도 모르게 귀를 막았다.

한층 더 성장하고 회복한 바르지나크가 탈피한 외피를 찢고 고개를 쳐들더니 우리에게 시선을 고정했다.

"샤아⋯⋯."

"이쪽을 노릴 셈인가!"

혀를 날름거리며 바르지나크가 다가왔다.

아까까지 용맹하게 싸웠던 전사들도 완전히 회복된 녀석을 당해내지는 못했다.

중독되어 본래 힘을 발휘하지도 못하고 꼬리에 맞아 날아갔다.

"페름, 네아! 하는 만큼 하자!"

『어쩔 수 없네⋯⋯!』

"아~ 정말! 죽을 것 같으면 전력으로 도망치게 할 거야!"

왼팔에 검은색 검을 만들고 바르지나크와 마주했다.

상황은 정말로 최악이었다.

나도 마력이 얼마 남지 않았고, 이곳에 있는 전사들도 여력은 있지만, 완쾌된 바르지나크를 상대하기에는 절망적으로 전력이 부족했다.

"샤아아아아아!"

크게 입을 벌린 바르지나크가 우리에게 달려들려고 했을 때—

뭔가가 반짝이더니 바르지나크의 머리에 하얀 창 같은 것이 소리도 없이 꽂혔다.

"저 창은⋯⋯ 설마⋯⋯."

끝부분이 얼음처럼 투명한 하얀 창.

낯익은 그것을 보고 나도 모르게 외칠 뻔했지만, 처음에 꽂힌 창에 이어 투명한 창 여덟 개가 날아와 엄청난 속도로 바르지나크의 몸에 박혔다.

그 충격으로 바르지나크의 몸이 옆으로 넘어가 땅에 부딪쳤다.

"끼, 끼에에……!"

깊이 박힌 투명한 창은 강렬한 냉기를 뿜어내며 바르지나크의 몸을 동결시켜 순식간에 움직임을 봉쇄했다.

"무, 무슨 일이 벌어지고 있는 거야……?"

하이드 씨가 곤혹스러워했지만 나는 안도한 나머지 무릎을 꿇었다.

내가 아는 사람 중에 이런 일을 할 수 있는 사람은 한 명뿐이다.

바르지나크에게 맨 처음 꽂혔던 창이 저절로 움직여 이쪽으로 날아오더니 우리 뒤에 있던 한 기사에 손에 안착했다.

"정말이지, 너는 왜 그렇게 무모한 짓만 하는 걸까."

어이없어하면서도 안심한 듯한 목소리.

나는 그 기사를 알고 있었다.

예전과 달리 활동성을 중시한 은색 갑옷과 하나로 묶은 금발.

흰색 창을 들고 이곳에 온 그녀는 당당한 모습으로 거기에 서 있었다.

"미안하다. 늦어졌어."

"……역시 당신은 저한테 용사예요."

신룡 파르가 님이 만든 무구의 인정을 받은 여성이며, 미아라크가 자랑하는 용사.

용의 힘에 빠졌던 카론 씨를 구하기 위해 함께 싸운 동료이자,

내게 소중한 사실을 일깨워 준 은인이기도 했다.

그녀는 내 말에 기뻐하며 웃더니 내 옆에 나란히 서듯 걸어 나왔다.

"미아라크의 용사, 레오나. 이번 싸움에 참전하겠다!"

움직이지 못하게 된 바르지나크에게 창끝을 겨눈 레오나 씨는 그렇게 힘차게 선언했다.

"우리는 아직 싸울 수 있어……!"

선배와 카즈키도 군단장들을 상대로 싸우고 있다.

로즈도 네로 아젠스라는 엄청난 괴물과 일대 일로 싸우고 있다.

전장을 달리는 검은 옷과 블루링도, 후방에서 다친 사람들을 고치는 회색 옷의 올가 씨와 우루루 씨도 자신들의 사명을 다하고 있다.

이런 곳에서 내가 쓰러질 수는 없다. 다 같이 이 싸움을 끝내는 것이다.

나는 그렇게 새로이 결의했다.

🌸막간 다가오는 결단의 때

전황이 크게 움직이기 시작했다.

제1군단장, 네로의 인연 깊은 상대와의 결투.

제2군단장, 코가와 보좌 아미라가 용사의 발을 묶고.

제3군단장, 한나의 교란.

혼전이 벌어지긴 했지만 우리 마왕군은 상황을 우세하게 이끌고 있었을 터다.

"한나가 포박당했나."

전장과 멀리 떨어진 옥좌에서 작게 중얼거렸다.

익숙한 마력과 교전하던 한나가 의식을 잃고 인간들 손에 떨어진 것이 느껴졌다.

그녀는 적을 큰 혼란에 빠뜨렸던 존재다.

그런 한나가 무력화됐다면 인간 병사들도 기력을 되찾고 말 것이다.

"제법이군."

"……마왕님, 왜 그러십니까?"

늘 그랬듯 옆에 있던 시엘이 말을 걸어왔다.

"제3군단장이 붙잡힌 것 같다."

"네?! 그건 위험한 것 아닌가요?!"

"그래, 꽤 상황이 안 좋지. 그리고 한나를 붙잡은 자의 마력이 익숙해. 아마 코가를 쓰러뜨렸었다는 치유마법사겠지."

"치유마법사는 혹시 다른 강력한 마법을 쓰는 걸까요⋯⋯?"

"아니. 중요도는 다르지만 능력은 옛날과 그리 다르지 않을 거다."

싸움이 끊이지 않았던 시대에 치유마법사는 귀중한 존재였으나 지금은 정반대였다.

싸움을 잊어버린 인간들은 평화로운 세상에서 싸움을 모르는 생활을 손에 넣었다.

그러면서 인간들은 치유마법을 간단한 회복마법과 동일시하게 되었다.

"적어도 전장을 달리는 치유마법사는 내 시대에 없었지만."

전장을 달리며 그 자리에서 부상자를 치유하여 목숨을 구한다.

그런 터무니없는 짓을 하는 치유마법사를 나는 모른다.

"어떤 세상이든 예상을 뛰어넘는 행동을 벌이는 인간이 있군. 상식의 틀에 얽매이지 않고 자신의 길을 가는 강함을 가진 인간이 말이야."

먼 옛날 수없이 내 앞을 막아섰던 인간이 있었다.

녀석도 늘 내 예상을 뛰어넘는 진화를 보여 줬었다.

그 목숨을 빼앗을 생각으로 녀석과 싸웠지만, 마음 한편으로는 그 성장을 기대했었다.

"그런 인간이 다시 내 앞을 가로막는가."

지금도 치유마법사는 전장을 달리고 있었다.

그 마력에서 느껴지는 잠재 능력도 마력량도 평범한 수준이지만,

그것을 뒤집는 힘을 가지고 있는 것은 명백했다.

"그의 앞날에 관심이 생기는군. 녀석처럼 좌절하여 파멸과 구제를 바라는가. 아니면 전혀 다른 길을 택하는가."

"저는 그냥 그대로 빠져 줬으면 좋겠습니다……."

"훗, 확실히 맞는 말이다."

시엘의 타당한 의견에 웃었다.

다시 눈을 감고 전황을 파악했다.

원래는 나도 옥좌에 앉아 있지 말고 싸우러 가야 했다.

하지만 마족이 놓인 상황이 그것을 허락하지 않았다.

나는 이곳에 머물며 동포들이 싸우는 것을 보고 있을 수밖에 없다.

"아무것도 할 수 없는 것은 괴롭군, 시엘."

"……마왕님은 저희에게 일어날 힘을 주시지 않았습니까."

"아니, 나는 아무것도 하지 않았다. 너희는 필연적으로 일어난 것이다. 내 존재는 어디까지나 계기에 불과해."

내가 부활하지 않았어도 언젠가 용기 있는 자가 마족 전체의 생존을 위해 일어났을 것이다.

나는 그것을 조금 앞당겼을 뿐이다.

"어쩌면, 내가 깨어나지 않았다면 전쟁을 일으킬 필요 없이 마족과 인간이 협력하는 미래도 있었을지 모른다."

"그건, 무리이지 않을까요? 인간은 여전히 아인을 노예로 취급한다고 들었습니다. 우리 마족도, 인간에게는……."

"……그렇지."

이 시대의 인간은 확실히 이전보다 온후해졌다.

수인을 포함한 아인에 대한 취급도 완화되긴 했지만, 근본적인 인식은 내 시대와 다르지 않았다.

자신과 다르게 생긴 자를 아인이라며 멸시하고 인정하지 않는 끔찍한 인식.

물론 모든 인간이 그런 사고를 가지지는 않았다는 것도 안다.

"어쨌든 때가 오기 전까지 나는 여기서 기다려야 해."

아무리 약한 소리를 뱉어도 지금의 나는 아무것도 할 수 없다.

그렇기에 현세대를 살아가는 그들이 싸울 수 있도록 힘을 다했다.

하지만 그럼에도 인간에게 힘이 미치지 않는다면—.

"나도, 각오를 해야겠지."

옆에 있는 시엘에게 들리지 않도록 그렇게 중얼거린 나는 창밖으로 보이는 광대한 대지를 바라보며 시시각각 다가오는 결단의 때를 기다렸다.

치유마법의 잘못된 사용법 10
~전장을 달리는 회복 요원~

초판 1쇄 발행 2021년 6월 20일

지은이_ KUROKATA
일러스트_ KeG
옮긴이_ 송재희

발행인_ 신현호
편집부장_ 윤영천
편집진행_ 김기준 · 김승신 · 원현선 · 권세라
편집디자인_ 양우연
관리 · 영업_ 김민원 · 조인희

펴낸곳_ (주)디앤씨미디어
등록_ 2002년 4월 25일 제20-260호
주소_ 서울시 구로구 디지털로 26길 111 JnK디지털타워 503호
전화_ 02-333-2513(대표)
팩시밀리_ 02-333-2514
이메일_ lnovelpiya@naver.com
L노벨 공식 카페_ http://cafe.naver.com/lnovel11

CHIYUMAHO NO MACHIGATTA TSUKAIKATA ~SENJO WO KAKERU KAIHUKUYOIN ~Vol.10
©KUROKATA 2019
First published in Japan in 2019 by KADOKAWA CORPORATION, Tokyo.
Korean translation rights arranged with KADOKAWA CORPORATION, Tokyo.

ISBN 979-11-278-6029-5 04830
ISBN 979-11-278-4277-2 (세트)

값 10,000원